烈火の太洋 1

セイロン島沖海戦

横山信義

Nobuyoshi Yokoyama

C★NOVELS

扉　　画　高荷義之
地図・図版　安達裕章
編集協力　らいとすたっふ

目次

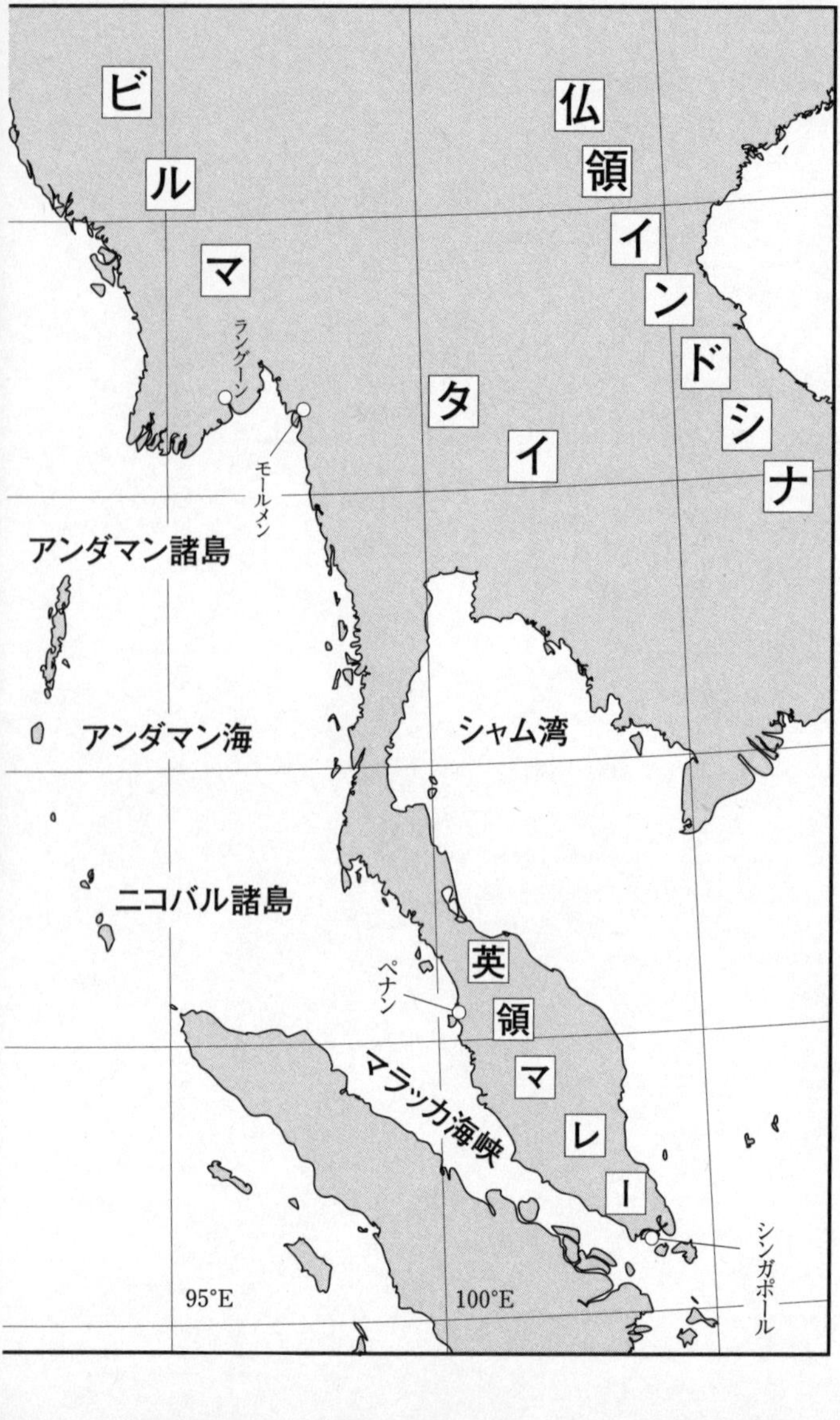

ビルマ
仏領インドシナ
タイ
ラングーン
モールメン
アンダマン諸島
アンダマン海
シャム湾
ニコバル諸島
英領マレー
ペナン
マラッカ海峡
シンガポール
95°E
100°E

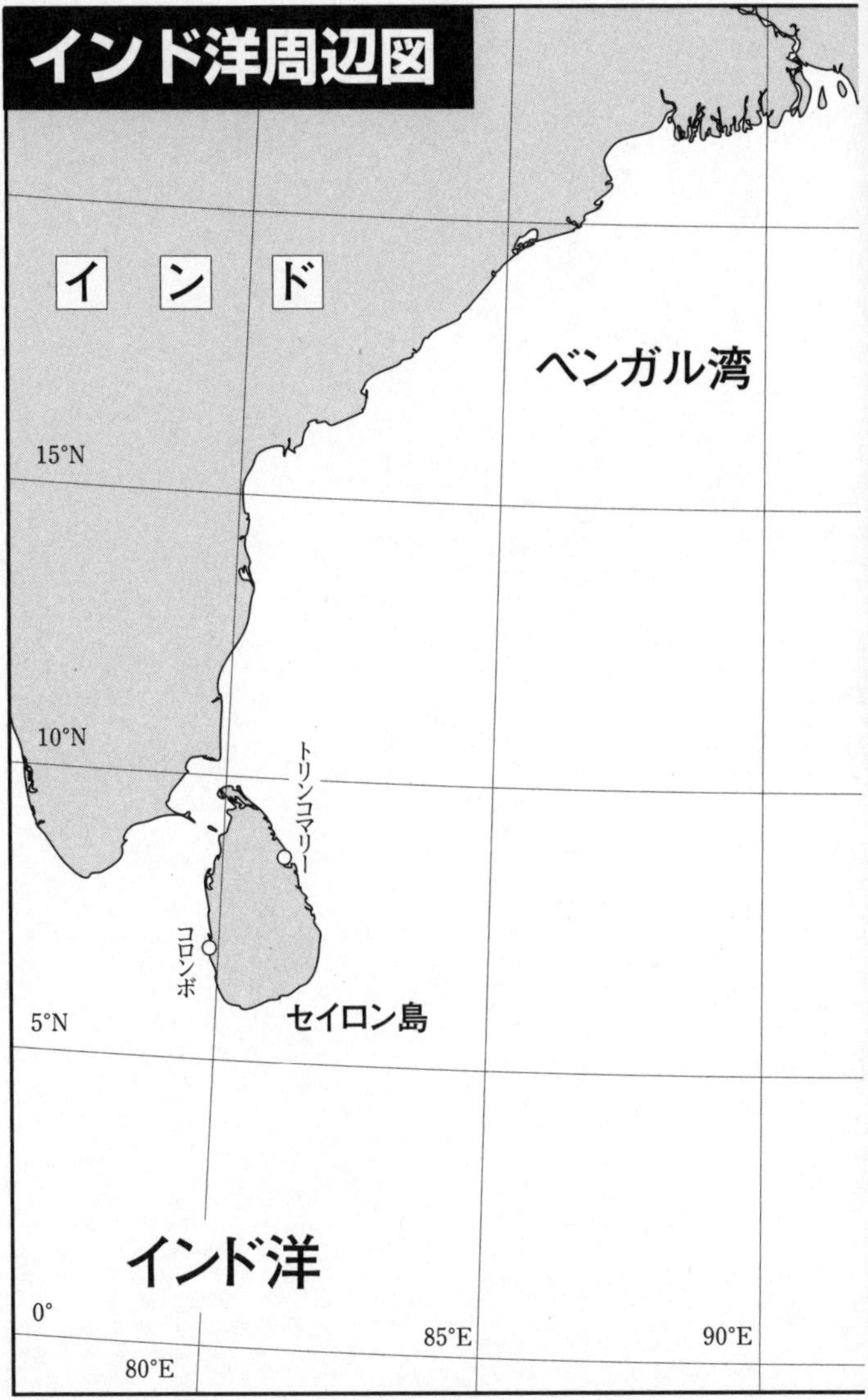
インド洋周辺図
インド
ベンガル湾
15°N
10°N
5°N
0°
トリンコマリー
コロンボ
セイロン島
インド洋
80°E
85°E
90°E

烈火の太洋1　セイロン島沖海戦

序章

「敵味方不明機、左正横《せいおう》。高度二〇《フタマル》（二〇〇〇メートル）！」

艦橋《かんきょう》見張員《みはりいん》が、大声で報告を上げた。

連合艦隊航空参謀日高俊雄《さんぼうひだかとしお》少佐は、旗艦《きかん》「長門《ながと》」の左舷《さげん》上空に双眼鏡《そうがんきょう》を向けた。

機体形状には見覚《みおぼ》えがある。

日高自身が、識別表《しきべつひょう》を繰り返し見て頭の中に叩き込み、基地航空隊の教官勤めをしていたときには、生徒たちに覚え込ませた機体だ。

太い胴体。対照的に小さく見える二基のエンジン。丸っこい機首。段差があるコクピット。

「ロッキードA28〝ハドソン〟。米軍の中型爆撃機《ばくげきき》です。マニラ近郊の飛行場から飛来《ひらい》した機体だと推測《すいそく》されます」

日高は、参謀長の福留繁《ふくとめしげる》少将に伝えた。

「米軍機は、こんなところまで進出して来たのか」

航海参謀永田茂《ながたしげる》中佐が呆《あき》れたような声を上げた。

現在、連合艦隊の直率《じきそつ》部隊である第一艦隊は、南シナ海の西部を南下している。

米国領フィリピンの中心地であるマニラからは、五〇〇浬《カイリ》以上の距離がある。

米軍機は、南シナ海の中央を大きく越え、仏印《ふついん》――フランス領インドシナ付近まで飛来したのだ。

「偵察《ていさつ》か、それとも挑発《ちょうはつ》でしょうか？」

「両方だろう。我が艦隊の陣容《じんよう》と針路、速度を見た上で、英国に通報する。我が軍が発砲するようなことがあれば、それを口実《こうじつ》に参戦《さんせん》する。主目的は、後の方だろうが」

疑問を提起《ていき》した首席参謀黒島亀人《くろしまかめと》大佐に、連合艦隊司令長官山本五十六《やまもといそろく》大将が答えた。

「けしからん。中立国にあらざる振る舞いだ」

吐《は》き捨てるような福留の言葉に、山本は苦笑しながら言った。

「彼らも必死なのだ。最も大事な盟邦《めいほう》である英国が、亡国《ぼうこく》の危機に瀕《ひん》していると なれば」

この日は、昭和一五年六月三〇日。

日本が参戦した昭和一四年一二月一日以来、七ヶ月が経過している。

盟邦ドイツの快進撃の前に、西欧諸国は軒並《のきな》み降《こう》伏《ふく》し、日本も欧州諸国の極東《きょくとう》における植民地《しょくみんち》を制圧することで、ドイツの側面援護《えんご》を行《おこな》った。

現在、日本、ドイツ、イタリアの枢軸国《すうじくこく》と戦っているのは、イギリスのみだ。

イギリスを屈服《くっぷく》させれば、今回の戦争は終結し、枢軸国が何よりも警戒している米国の参戦も防ぐことができる。

日本の新たな作戦目標は、英国領インドの制圧だ。

インドは英本国にとり、食料、繊維《せんい》製品、鉄鋼等の供給源となっており、英国経済の中でも重要な地位を占めている。

「イギリスは、インド以外の全ての植民地を失っても生き延びられるが、インドを失えば太陽は没することになろう」

という言葉まであるほどだ。

ドイツの英本土攻撃に呼応《こおう》し、日本がインドを攻略すれば、英国は継戦《けいせん》能力を喪失《そうしつ》する。

インド進攻作戦は、それほど重要な意味を持っていた。

海軍はこの作戦に、連合艦隊の直率部隊である第一艦隊と、南方作戦の支援任務を終えた第二艦隊を投入すると決定し、連合艦隊司令長官が陣頭《じんとう》指揮を執《と》ることになった。

第一艦隊は、中継点であるシンガポールへの移動に際し、西寄りの航路を取って、フィリピンの米軍を刺激しないよう努めた。

だが、米軍は第一艦隊の動きを見逃さず、哨戒《しょうかい》機を送って来たのだ。

「全艦に命令。別命《べつめい》あるまで発砲を厳禁する」

山本は、厳しい声で命じた。

第一艦隊隷下《れいか》の各戦隊には、出港前の最後の作戦

会議で、

「米軍の挑発には断《だん》じて乗るな。何をされても、絶対に発砲するな」

と命じてある。

命令は、各艦の隅々《すみずみ》にまで行き渡っているはずだが、艦隊は戦場に向かう途上にあり、乗員たちは血気《けっき》にはやっている。

山本は不測《ふそく》の事態を恐れ、今一度命令を徹底したのだ。

米軍機が、距離を詰めて来る。

「長門」の動きに追随《ついずい》しているようだ。

艦形識別表から、隊列の中央にいるのが「長門」と「陸奥《むつ》」――四〇センチ砲を装備した、日本海軍最強の戦艦《せんかん》であると見抜いたのかもしれない。

爆音が拡大する。

第一艦隊は針路も速度も変えることなく、南下を続けている。米軍機の姿など全く見えず、音も聞こえないような態度だ。

爆音が、左から右に通過した。

水平爆撃をかけて来るのでは――と危惧《きぐ》したが、直撃弾の衝撃も、海面に奔騰《ほんとう》する水柱もなかった。

日高は、右舷《うげん》上空に双眼鏡を向けた。

A28が左の水平旋回をかけると共に、高度を落としている。

「雷撃《らいげき》をかけるつもりじゃないだろうな？」

永田航海参謀が不安そうに言った。A28の動きが、雷撃訓練を行っている九六式陸上攻撃機の動きと似ているように見えたのだろう。

「あの機体に、雷撃の能力はありません。御心配には及びません」

日高は、A28の能力を思い出しながら言った。

A28は、輸送機として開発された機体を哨戒機に転用したものだ。七〇〇キロ程度の爆弾搭載量を持つが、運動性は鈍《にぶ》く、雷撃に向く機体ではない。

第一艦隊を挑発し、最初の一発を撃たせることが狙《ねら》いなのだ。

　A28が、低空から接近して来る。

　艦隊の右方を守る駆逐艦二隻の間を通過し、「長門」との距離を詰めて来る。

「砲術より艦長――」

「駄目《だめ》だ。絶対に撃つな！」

　射撃指揮所からの催促に対し、「長門」艦長徳永《とくなが》栄《さかえ》大佐が厳しい声で命じた。

「そうだ、それでいい」

　山本が、ちらと右舷側を見やって言った。

　巡洋艦《じゅんようかん》、駆逐艦《くちくかん》の乗員も、発砲したい気持ちを抑《おさ》えている。「長門」の砲術科員に、耐えられない道理《どうり》がない、と言いたいようだった。

　A28の機影《きえい》が膨《ふく》れ上がり、爆音が急速に拡大する。

　航空戦の心得《こころえ》がない者にも、「長門」を攻撃しようとしているように見えるはずだ。

（耐えてくれ、頼む）

　日高が「長門」の砲術科員に胸中《きょうちゅう》で呼びかけたとき、爆音が頭上を通過した。

　しばし、轟音《ごうおん》が周囲に満ち、艦橋内の全ての音がかき消された。

　音は、艦の左舷側へと遠ざかってゆく。

　日高が双眼鏡を向けると、A28が上昇しつつ、第一艦隊から遠ざかってゆく様が見えた。

　挑発は、一度だけに留めるようだ。

「よく我慢《がまん》した。砲術の連中を、ねぎらってやってくれ」

　山本が徳永艦長に声をかけ、福留が安堵《あんど》したように言った。

「いつも通りに終わりましたな。いい加減で、諦《あきら》めて欲しいものですが」

　在比《ざいひ》米軍による挑発行為は、日本の参戦直後から始まっている。

　南方に向かう輸送船団やその護衛《ごえい》艦艇が、たった今のA28のように米軍機の異常接近を受けたこともあるし、南方から日本本土に資源を運ぶ輸送船が、米軍の巡洋艦や駆逐艦に、数時間に亘《わた》ってつきまとわれたこともある。

軍艦も、民間の船も、それら全てを受け流し、挑発に耐えて来たのだ。

嫌《いや》がらせには慣れたものの、苛立《いらだ》ちはつのる。

福留の言葉は、挑発を受けたことのある艦船の乗員や、輸送船で運ばれる陸兵《りくへい》の誰もが感じているであろうことを代弁《だいべん》していた。

「彼らが諦めるとすれば、米国の参戦前に英国が降伏し、戦争が終わったときだろうな」

山本が独りごちるように言い、通信参謀田村三郎《たむらさぶろう》中佐に命じた。

「米軍機に触接《しょくせつ》を受けた旨《むね》、軍令部と海軍省に報告電を打ってくれ。外務省を通じて、抗議だけはしておこう」

第一章　惑う国

1

「あの辞令《じれい》を受け取ったときが、俺にとっての開戦だった」

海軍少佐日高俊雄は、そのように思っている。

霞《かすみ》ヶ《が》浦《うら》航空隊で教官勤めをしていた日高に、海軍省人事局より、

「五月一五日付ヲ以《モッ》テ連合艦隊航空参謀勤務ヲ命ズ」

との辞令が届いたのは、昭和一四年五月二日だ。

それまで、飛行機の操縦桿《そうじゅうかん》ばかりを握《にぎ》って海軍生活を送って来た身が、連合艦隊の旗艦に乗り組む身となったのだ。

日高は、霞ヶ浦から連合艦隊旗艦「長門」が停泊《ていはく》している瀬戸内海《せとないかい》の柱島泊地《はしらじまはくち》に移動する前に、東《とう》京《きょう》・霞《かすみ》ヶ《が》関《せき》の海軍省に立ち寄った。

そこで軍務局に勤務している江田島《えたじま》同期の浜亮《はまりょう》一《いち》中佐と会い、飲みに誘われたのだ。

「聞き慣れない職名《しょくめい》だな、航空参謀というのは」

東京・新橋《しんばし》にある小料理屋《こりょうりや》で、席に座るなり、浜は日高に言った。

「次官の主張で、新設されたポストだそうだ」

日高は応《こた》えた。

階級は浜の方が上だが、今は江田島の同期生同士であり、同格で話している。

「これからの海戦は、航空兵力の活用が鍵《かぎ》になる。連合艦隊司令部《GF》にも、航空の専門家が必要だ。次官はそのように考えられ、海軍大臣に掛け合って、新しいポストを設けられたということだ」

「山本さんと軍務局《うち》の局長は、名《な》うての航空主兵《しゅへい》主義者だからな」

浜はニヤリと笑った。

この当時、海軍次官は山本五十六中将、軍務局長は井上成美《いのうえしげよし》少将が務めている。

二人とも、「戦艦などは時代遅れ。これからの海

軍の主力は航空機だ」と主張する、航空主兵思想の提唱者《ていしょうしゃ》だ。

同じ航空主兵主義でも、山本は空母《くうぼ》と艦上機を重視しているのに対し、井上は基地航空隊を重視しているという違いがあった。

「GF航空参謀の第一号とは、栄転《えいてん》じゃないか」

同期生の名誉《めいよ》を素直《すなお》に喜ぶ浜に、日高は熱燗《あつかん》を一杯あおってから応えた。

「正直に言うと、あまり有《あ》り難《がた》くはない。俺は飛行機乗りになりたくて、海軍に入ったんだ。周りをいかめしい顔の長官や参謀に囲まれるなんて、息が詰まる。操縦桿を握ってる方が、性《しょう》に合っている」

日高は、神奈川県の横須賀《よこすか》で生まれ育った身だ。

実家の近くには海軍の追浜《おっぱま》飛行場があり、黎明《れいめい》期にある海軍航空隊の飛行機が空を飛び回る様《さま》を見ながら育った。

自然と空への憧《あこが》れを抱くようになり、海軍士官となる道を選んだ。

江田島卒業後は、一切の躊躇《ちゅうちょ》なく航空を専門に選んだ。卒業時の席次《せきじ》は、中の下といったところだが、航空は海軍の主流派ではなかったため、簡単に希望が通ったのだ。

以後、日高は海軍生活のほとんどを、航空機の操縦桿を握って過ごしている。

同期生の中には、海軍大学に学び、海軍省や軍令部で勤務するようになった者もいるが、日高は中央での栄進《えいしん》には一切興味を示さず、各地の航空基地や空母を渡り歩いて来たのだ。

参謀の飾緒《しょくしょ》など、自分には似合わない。飛行服こそが、自分に最も似合う海軍の制服だ——そう思わずにはいられなかった。

浜は、真顔《まがお》に戻った。

「搭乗員は、いつまでもできる仕事ではないだろう。年齢が上がれば、艦船勤務や地上勤務に就《つ》かなければならないんだ。GFの参謀を経験しておくのも、将来のためになると思うがな」

「俺は、海軍大学では学んでいない。参謀の仕事なんてどうやったらいいのか、見当《けんとう》もつかん」

「別段《べつだん》、難しい仕事じゃない。長官や参謀長から質問を受けたら、飛行機について知っていることを話せばいいのさ」

「気楽に言ってくれる」

かぶりを振った日高の杯《さかずき》に、浜は酒を注いだ。

「現在のGF司令部に、航空の専門家はいない。次官はそのことを憂慮《ゆうりょ》され、貴様《きさま》のような実戦派の将校を送り込もうと考えられたのだろう」

「名誉な話だが、俺は本当に飛行機のことしか知らんぞ」

「貴様は、操縦桿を握っていただけではあるまい。母艦や航空本部で勤務した経験もあるはずだ」

「一時期だけはな」

日高は応えて、酒をあおった。

少佐昇進後、日高は小型空母「龍驤《りゅうじょう》」の飛行隊長を一年勤め、次いで航空本部の総務部で航空行政を経験した。その後は横須賀航空隊、霞ヶ浦航空隊で教官を務め、現在に至っている。

「母艦や航本《こうほん》での仕事を経験したことが、貴様の強みなんだよ。航空関係の仕事を幅広く経験し、広い視野を培《つちか》った貴様なら、参謀に適任だと、中央が判断したに違いない」

「かいかぶりじゃないのかね、そいつは」

「実際に参謀の仕事が始まれば、なんとかなるものだよ。俺だって、舞鶴《まいづる》の鎮守府《ちんじゅふ》で初めて参謀の仕事を経験したときは不安だったが、どうにかこなせたんだ。貴様だって、うまくやれるだろう」

「新米《しんまい》の参謀を力づけてくれて、礼を言うよ」

今度は、日高が浜の杯に酒を注いだ。

「貴様はどうなんだ？　赤レンガも、ごたついてるみたいだが」

浜は、しばし沈黙した。話していいものかどうか、迷っているように見えた。

ややあって、一口だけ酒を飲み、口を開いた。

「局長からは、近々《ちかぢか》大きな異動《いどう》があるかもしれないと言われた。ひょっとすると部署が替わるか、どこかの鎮守府に行かされるかもしれん」

この年の一月五日、近衛文麿内閣《このえふみまろないかく》の後を受けて、男爵《だんしゃく》・平沼騏一郎《ひらぬまきいちろう》を後継首班《しゅはん》とする内閣が成立した。

閣僚《かくりょう》には、近衛内閣から留任した者が多く、前内閣の性格を色濃《いろこ》く受け継いでいたが、大きく変わったのが対外政策、特に欧州で膨張《ぼうちょう》政策を採っているドイツ、イタリアとの関係だ。

日本は昭和一一年一一月、国際共産主義運動を主導するコミンテルンからの共同防衛を謳《うた》った防共協定をドイツと締結《ていけつ》し、その一年後にはイタリアも加盟して、日独伊防共協定が成立した。

近衛内閣の時代には、陸軍が同協定を日独伊三国の軍事同盟に発展させるべく、政府に強く働きかけていたが、海軍は強硬に反対した。

「独伊両国は、米英仏と対立関係にある。両国との同盟は、必然的に米英仏との関係悪化を招く。最悪の場合、戦争に繋《つな》がる危険もある」

というのが、その理由だ。

その急先鋒《きゅうせんぽう》となったのが、海軍大臣米内光政《よないみつまさ》、海軍次官山本五十六、軍務局長井上成美だ。

米内も、山本も、井上も、米英と日本の国力差を認識しており、

「米英との戦争には勝算《しょうさん》なし」

との認識で一致していたのだ。

海軍行政のトップ三人が同盟締結に反対する以上、海軍全体の立場も同じであり、海軍そのものが独伊との同盟を阻《はば》む強固な壁となった感があった。

だが、平沼内閣の組閣時に、海軍大臣が米内から永野修身《ながのおさみ》大将に交替したことで、海軍の姿勢が大きく揺《ゆ》らいだ。

永野は米内の一期先輩であり、海軍の中でも長老《ちょうろう》格と考えられている。

近衛内閣の二代前、廣田弘毅《ひろたこうき》内閣で海軍大臣を務めた経験もある。

経歴に不足はなかったが、問題は視野が狭く、世界情勢を見据《みす》えた戦略眼を持たないことだ。情《じょう》に流され易《やす》く、声の大きい方に付く傾向がある。

今の情勢下では、海軍大臣に適任とは言い難《がた》い。

果たして平沼内閣の成立後、親独派の動きが活発化し始めた。

山本、井上の二人は、独伊との同盟締結に反対し続けており、「米英との協調を」と訴《うった》え続けたが、親独派は海軍内部にも少なくない。

海相《かいしょう》がどっち付かずの態度を取る中、次官と軍務局長の二人が、内外《ないがい》からの圧力に抗《こう》し続けているというのが、現在の状況だった。

「危ないことに首を突っ込んでるわけじゃないだろうな？」

日高はさりげなく周囲を見回し、海軍関係者がいないことを確認してから、小声で聞いた。

浜は副官として、井上軍務局長の下で働いている。その立場上、井上の指示を受け、同盟締結阻止《そし》のために動いているのではないか、と思ったのだ。

「貴様は恩賜《おんし》の短剣《たんけん》組だが、同期の中じゃ一番気が優しい男だった。教官の中にも『あいつは軍人に向いてないんじゃないか』と言っていた人がいたほどだ。政治に関わるなんて不似合いだと思うぞ」

浜は苦笑しながら、右手を左右に振った。

「俺は、何も関わっていない。軍務局長の下で働いてはいるが、仕事の内容は会議の議事録作成や書類の整理が主だ。俺が心配しているのは、貴様の方だよ。今後の情勢次第《しだい》じゃ、最前線に出ることだってあるんだからな」

「火を噴《ふ》く可能性があるのか？」

「独伊と組んだら、米英は間違いなく敵に回る。できることなら、米英とはやりたくない」

「そいつは、俺も同感だ。俺は空が飛びたくて飛行機乗りになっただけで、本物の空中戦をやりたいなんて思ったことはない。ただ……そのときが来たら、全力で戦うだけだ」

そこまで話したところで、看板《かんばん》となった。

日高は浜と別れ、新橋駅に向かった。

夜行列車で広島《ひろしま》に向かい、そこから呉《くれ》に移動して、旗艦「長門」艦上の連合艦隊司令部に着任するのだ。

駅のホームに上がる途中、構内の通路で、二人の陸軍将校とすれ違った。

「ノモンハン」という聞き慣れない地名が、日高の耳に入った。

2

切り立った断崖《だんがい》の上に、多数の発射炎が閃《ひらめ》いた。

数十発の砲弾が、夜明け直後の大気を激しく鳴動《めいどう》させながら、一万メートル以上の距離を一飛《ひとと》びし、防御陣地《じんち》の真上から落下した。

轟音と共に巨大な火焔《かえん》が湧《わ》き出し、大量の砂が空中高く舞い上がった。

引きちぎられた鉄条網《てつじょうもう》や杭《くい》、木材の破片、兵士の肉片が、砂地や塹壕《ざんごう》の真上から、夕立のような音を立てて落下する。

砲撃は、一度だけでは終わらない。

最初の射弾が落下するよりも早く、第二射弾が放たれ、飛翔している。

直径一二二ミリ、七六ミリの榴弾《りゅうだん》多数が飛来し、大地に激突すると同時に炸裂《さくれつ》する。

陣地を形成する木材や据え付けられた小火器、兵士たちの肉体は、ひとたまりもなく爆砕《ばくさい》され、大量の砂や弾片《だんぺん》と共に吹き飛ばされる。

第二射弾が炸裂したときには、第三射弾、第四射弾も放たれている。

満州国《まんしゅうこく》とモンゴル人民共和国の国境線付近を流れるハルハ川の西岸《せいがん》から、間断《かんだん》なく撃ち込まれる一二二ミリ弾、七六ミリ弾は、日本軍が構築した防御陣地を容赦《ようしゃ》なく破壊し、兵士の肉体を引き裂いてゆく。

陣地を守るのは、関東軍《かんとうぐん》第二三師団に所属する第二三捜索隊《そうさく》——指揮官東八百蔵《あずまやおぞう》中佐の姓《せい》から「東捜索隊」と呼ばれる部隊だが、歩兵と騎兵《きへい》を中心とした編成であり、重火器は装備していない。機械化兵器は、一二輌《りょう》の九四式軽装甲車のみだ。

ハルハ川の対岸にあるソ連軍の砲陣地は、東捜索隊が陣取るバルシャガル西高地と六〇メートルほどの標高差があり、日本軍の防御陣地を見下ろしながら、射弾を叩き込んで来る。

標高差を別にしても、一万メートル以上の遠方に位置する砲陣地を攻撃する手段は、東捜索隊にはなかった。

ソ連・モンゴル軍の歩兵部隊による近距離からの攻撃も始まっている。

迫撃砲弾《はくげきほう》が陣地の上から落下し、支援に当たるBT5、BT7快速戦車の四五ミリ砲弾が、滑り込むような格好《かっこう》で大地に激突する。

軽機関銃の射弾が浴びせられ、手榴弾《しゅりゅうだん》が投げ込まれる。

日本軍も反撃の銃火を浴びせる。

歩兵が手榴弾を投げ、九四式軽装甲車が七・七ミリ車載式重機関銃を撃ち込む、

手榴弾が炸裂するや、弾片を浴びたソ連兵、モンゴル兵が、絶叫《ぜっきょう》を放って倒れ、重機関銃の射弾は、敵兵の肉体を容赦なく貫き、なぎ倒す。

だが、全体の戦況は、明らかにソ連・モンゴル軍が優勢だ。

ハルハ川の対岸から撃ち込まれる射弾は、九四式軽装甲車をブリキ細工《ざいく》のように叩き潰し、対戦車地《じ》雷《らい》の集積所に落下して、誘爆《ゆうばく》を引き起こす。

多数の地雷がいちどきに炸裂し、榴弾のそれとは比較にならない巨大な火焔が湧き出す。

BT5、BT7の四五ミリ砲弾は、九四式軽装甲車の外鈑《がいはん》を薄紙《うすがみ》のように貫通し、沈黙に追い込む。

立ち上る黒煙は高地の周囲に立ち込め、双方の視界を奪う。

戦闘はしばし中断するが、黒煙が風に吹き散らさ

れるや、再び砲撃、銃撃が再開される。

ソ連・モンゴル軍の歩兵部隊は、BT5、BT7戦車を前面に立て、高地をじわじわと締め付けるように前進する。

軽機関銃の火箭《かせん》も、手榴弾も、戦車の正面装甲の前には無力だ。

機関銃弾は、火花を発して弾《はじ》け散り、手榴弾は直撃しても、装甲板を焦《こ》がす程度の効果しかない。

戦車の正面に発射炎が閃き、報復の射弾が撃ち込まれる。爆炎が躍《おど》り、機関銃陣地は瞬時に沈黙する。

やがて、銃火が途絶《とだ》えるときがやって来た。

日本軍の陣地から、新たな射弾が飛ぶことも、手榴弾が投げつけられることもない。

動くものは、風に吹かれて揺らめく火災煙と、陣地の複数箇所で躍る炎だけだ。

東捜索隊が、完全に戦闘力を喪失した証《あかし》だった。

ハルハ川の東岸に「万歳《ウラー》！」の声が響き渡り、それに呼応するかのように、西岸の砲陣地でも、「ウラー！」の叫《さけ》び声が上がった。


戦闘終了の翌日――五月三〇日の日没後、第六四連隊長山県武光《やまがたたけみつ》大佐が率いる山県支隊が、バルシャガル西高地に姿を現した。

目的は、反撃でも、高地の再占領《せんりょう》でもない。

生存者の救出と戦死者の遺体収容だった。

懐中電灯《かいちゅうでんとう》の光が、バルシャガル西高地とその周辺の砂地を浮かび上がらせる。

ほどなく、一人の兵が屍臭《ししゅう》に気づいた。

懐中電灯の光が、軍馬《ぐんば》の死体を浮かび上がらせた。

「見つかりました！」

兵が、叫び声を上げた。

光は、何条もの轍《わだち》の跡を浮かび上がらせている。明らかに、戦車のそれと分かるものだ。

その周囲に、戦死者の遺体が散乱している。

まともな姿をとどめているものは、ほとんどない。

多くは、肉体の半分以上を黒く焼かれている。

何が起きたのかは、昨日、この場で戦った者にしか分からない。

ただ、凄《すさ》まじい火力が集中されたことを、戦死者の無残《むざん》な姿が物語っていた。

誰もが寂《せき》として、声も出なかった。

発端《ほったん》は、満州国とモンゴル人民共和国の国境紛争だ。

満州国はハルハ川を国境線と見なしていたのに対し、モンゴルはハルハ川の東方一八キロ付近を通る線が国境であると主張し、今日まで決着が付かなかった。

このため、度々《たびたび》モンゴル軍がハルハ川以東に「越境」する事件が生じ、満州軍、及びその後ろ盾《うしろだて》となっている関東軍との小競《こぜ》り合《あ》いが絶えなかった。

五月一一日、約六〇名の兵員から成るモンゴル軍が、ハルハ川付近にあるノモンハンに進出したことから、それまでにない大規模な紛争が生起《せいき》した。

ハルハ川周辺の防衛を担当する第二三師団は、東捜索隊と満州軍の騎兵部隊を現地に送り込んだ。

同部隊は五月一七日、一旦《いったん》はモンゴル軍をハルハ川以西に追い返したが、今度はモンゴル軍と共に、ソ連軍が大挙《たいきょ》ノモンハンに進出して来た。

第二三師団は、総勢約二〇〇〇名の兵力を擁《よう》する山県支隊を編成し、東捜索隊もその指揮下に入った。

東捜索隊は、山県支隊の先鋒として、五月二八日未明よりソ連・モンゴル軍と戦闘を開始したが、兵力、火力とも圧倒的な敵軍の前に、見るも無惨な敗北を喫《きっ》したのだ。

日本陸軍は三四年前、ソ連軍の前身であるロシア帝国陸軍と戦い、勝った経験を持つ。

旅順要塞《りょじゅんようさい》の攻略戦でも、遼陽《りょうよう》や黒溝台《こっこうだい》の戦いでも、最後の大規模な地上戦闘となった奉天《ほうてん》の会戦でも、常に日本軍はロシア軍を打ち破った。

だが、ロシア軍の後継者となったソ連軍は近代化を推《お》し進め、火力でも、機械化率でも、日本軍を遥《はる》かに上回るようになった。

日露戦役《にちろせんえき》の勝利に驕《おご》った日本陸軍の怠惰故《たいだゆえ》か。あるいは欧州の大戦を経験した軍隊と、近代戦の洗礼を受けなかった軍隊の差か。

いずれにしても、日本陸軍とソ連陸軍の実力差は、絶望的なまでに開いてしまったのだ。

後に「ノモンハン事件」と呼ばれる満蒙《まんもう》国境の武力衝突は、その冷厳《れいげん》な事実を、日本陸軍に思い知らせたのだった。

3

「小官の存念《ぞんねん》を、最初に申し上げたい」

陸軍大臣板垣征四郎《いたがきせいしろう》大将が口を開いた。

昭和一四年六月五日、首相官邸で開催された五相会議だ。

内閣総理大臣平沼騏一郎を筆頭《ひっとう》に、外務大臣有田《ありた》八郎《はちろう》、大蔵大臣石渡荘太郎《いしわたそうたろう》、海軍大臣永野修身が参集している。

陸軍の代表である板垣は、本来なら強気《つよき》に出られる立場ではない。

陸軍が満蒙国境の紛争で犯《おか》した大失態《しったい》を考えれば、控えめな態度を取るべき立場であるはずだ。

にも関わらず、この日の板垣は、会議の主導権を握ろうとする態度を隠《かく》そうともしなかった。

「今から申し述べることは、陸軍の総意であります。陸軍省の各局長も、参謀総長や次長、参謀本部各部の部長も、全員がこの考えで一致していることを、御承知置きいただきたく思います」

「続けていただきたい」

平沼が発言を促《うなが》した。

板垣は、前内閣でも陸軍大臣を務め、「時局《じきょく》外交に関する陸軍の希望」と題する意見書を提出するなど、独伊との同盟締結に向けて、積極的に動いた人物だ。

これから話すことについては想像がつく、と言いたげだった。

「陸軍の主張はただ一つ、日独伊三国軍事同盟の即時締結であります。交戦国につきましては、無条件を希望します」

板垣を除く四人の閣僚は、顔を見合わせた。

従来、独伊との同盟については、「ソ連を対象としたもの」と考えられて来た。

独伊両国がソ連、もしくはソ連を含めた複数の国と開戦した場合には、日本は独伊側に立って参戦し、必要に応じて援助も行う。

交戦国がソ連以外の国――米英仏の三国を想定しているが――である場合には、独伊に好意的な立場での中立を保つ、というものだ。

だが板垣は、「交戦国については無条件とする」と主張している。

このような条約を締結すれば、独伊が米英仏と開戦した場合、日本も否応《いやおう》なく戦争に巻き込まれる。

「少し……お待ちいただきたい」

石渡蔵相が、額《ひたい》の汗を拭《ぬぐ》いながら言った。

「元々《もともと》三国同盟は、ソ連のみを対象とした条約だったはずです。ソ連以外の国を対象とする件につきましては、検討事項だったのでは？」

「独伊との同盟締結は急務であり、我が国にとっての死活《しかつ》問題です。条件をつけて、交渉を長引かせるべきではないと、陸軍では判断しました」

石渡の問いを想定していたのか、板垣は即答した。

「昨年の張鼓峰《ちょうこほう》事件、そして今回のノモンハン事件により、我が国、および満州国に対するソ連の脅威《きょうい》が顕在化《けんざい》しました。万一対ソ開戦となった場合には、有力な国と共同して当たることが不可欠《ふかけつ》です。我が国と共に手を携《たずさ》え、ソ連に当たれる国は、独伊以外にはありません」

「それなら三国同盟の対象は、ソ連のみで充分なのでは？」

「相互の信頼関係が、同盟締結の絶対要件です。対象国を絞ったのでは、独伊の信頼を得られません。

いかなる敵に対しても、協力して当たること。この条件なくして、同盟は結べません」

「私は、外国との同盟はあくまで我が国の国益のために結ぶものだと考えております。独伊と結ぶことで、米英仏との戦争に巻き込まれた場合、かえって国益を損《そこ》なうのではありませんか？」

今度は、平沼が発言した。板垣は、自信ありげに答えた。

「ドイツの勢いは旭日昇天《きょくじつしょうてん》です。先の大戦で受けた打撃から完全に立ち直り、欧州の強国としての地位を復活させました。独伊と我が国が結べば、他国は手を出せません。同盟には、むしろ戦争を抑止《よくし》する効果があると考えます」

板垣は一旦言葉を切り、少し考えて付け加えた。

「独伊との同盟がなければ、ソ連が我が国を弱敵《じゃくてき》と侮《あなど》り、侵攻して来る可能性も考えられます。国の名前や政治形態が変わっても、あの国が持つ侵略的な性格は変わっておりません」


平沼は沈黙し、僅《わず》かに身を震《ふる》わせた。顔色が、幾分《いくぶん》か青ざめている。

ソ連軍が大挙して、満州や朝鮮《ちょうせん》半島、ひいては日本本土に攻め込んで来る光景が脳裏に浮かんだのかもしれない。

「よろしいでしょうか？」

有田八郎外務大臣が発言した。

「駐日ドイツ大使のオイゲン・オットー氏を通じて申し出があったのですが、ドイツ政府は三国同盟の締結と合わせ、加盟国とソ連の間で、相互不可侵条約を結んではどうか、と提案しております。この申し出を容《い》れれば、満蒙国境の紛争も解決します」

今度は、有田以外の全員が沈黙した。外相の言葉に、意表《いひょう》を突かれたのだ
「それは、耳寄りな提案ですな」

ややあってから、板垣が言った。

「ソ連の中立化を獲得できれば、万一、米英仏との戦争が起きたとしても、我が国も、独伊も、背後を

気にすることなく敵に当たれます。この話に乗らない手はありませんぞ、総理」

平沼に顔を向け、身を乗り出さんばかりにして言った。すぐにでも同盟締結の調印をするべきです、と言いたげだった。

「陸相のお考えが見えませんな。陸相は、どこの国を我が国の仮想敵だと考えておられるのですか？」

困惑したような石渡の問いに、板垣と有田が返答した。

「我が国の仮想敵は、米英仏ソの四国ですが、四国全てをいちどきに敵に回せば、独伊と同盟していても勝算はありません。仮想敵を一国でも少なくすべきだと申し上げたいのです」

「我が国が独自にソ連と不可侵条約を結ぼうとしても、ソ連は話に乗りますまい。独伊と同盟した上で交渉すれば、対等以上の条件で不可侵条約を締結できる見通しがあります」

「陸相、外相が言われるように、我が国が独伊と同盟し、ソ連と不可侵条約を結んだ場合、米英仏とは敵対関係になります」

石渡は、会議が始まって以来沈黙を保っている永野に顔を向けた。

「日独伊の三国が米英仏を相手に戦争をする場合、その大部分は海軍が担《にな》うことになるでしょう。日独伊の海軍が米英仏の海軍と戦った場合の勝算について、海軍大臣の意見をお伺いしたい」

「英仏の海軍が相手なら、勝算はあるでしょう」

永野は、ゆっくりと応えた。

「フランス海軍はイタリア海軍とほぼ同等です。フランス海軍の動きはイタリア海軍が抑え込めるはずです。イギリス海軍は強敵ですが、同国は多数の植民地を有しており、戦力を分散させねばならないという弱点を抱えております。我が海軍の全力を以て当たれば、各個撃破が可能です」

「米海軍はいかがです？」

「……英仏海軍以上の強敵であると考えねばならな

いでしょうな」

永野は、少し考えてから答えた。

「米海軍を向こうに回した場合、勝てるとの断言はいたしかねます。ですが、戦争はやってみなければ分かりません。我が方が熟知《じゆくち》している戦場に米海軍を誘い込み、地の利を最大限に活かせば、勝機《しようき》を摑《つか》むことも可能でしょう」

「独伊、特にドイツと組めば、米国に勝つことも不可能ではありませんぞ」

板垣が永野の顔をまっすぐに見つめ、力のこもった口調《くちよう》で言った。

「ドイツは、科学技術面では我が国より遥かに進んでおります。航空機の発動機、通信機や電波探信儀《たんしんぎ》等、優秀な兵器が沢山《たくさん》あります。それらは、海軍にとっても必ず役に立ちます」

永野は少し首を傾《かし》げ、分かった、と言いたげに頷《うなず》いた。同盟締結の利《り》について、心を惹《ひ》かれたのかどうかは、表情だけでは分からなかった。


「どうやら、意見も出尽《でつ》くしたようです」

平沼が、四人の閣僚を見渡して言った。

「同盟締結の是非《ぜひ》について、皆さんのお立場を明確にしていただきたいと考えます。まず、賛成の方」

板垣が真っ先に挙手し、有田も同調した。

石渡は迷いを見せたが、ちらと永野に顔を向け、次いで右手を上げた。

海軍大臣が強硬に反対していない以上、賛成すべきだと考えたようだ。

その永野は、旗幟《きし》を鮮明にしていない。しきりに首を捻《ひね》っている。

「海相は反対されますか？」

平沼が声をかけたが、永野は返答しない。どうすべきか、迷っているように見えた。

「全員、一致でなければ」

平沼は、決断を促した。

海軍が反対するなら、独伊との同盟は白紙《はくし》に戻す必要がある、と考えているようだった。

永野は、大きく息を吐き出した。

右手を挙げながら言った。

「五相のうち三人までが賛成されているのであれば、海軍も賛成せざるを得ますまい」

4

「私をGFの長官に？」

六月一〇日、大臣室に呼ばれた山本五十六海軍次官は、永野海相から辞令を受け取るなり、驚きの声を上げた。

「そうだ」

永野は微笑《びしょう》して頷いた。

辞令には「六月一八日付ヲ以テ連合艦隊司令長官兼第一艦隊司令長官勤務ヲ命ズ」とある。

連合艦隊司令長官は海軍三顕職《さんけんしょく》の一つであり、海軍大臣、軍令部総長と同格だ。海軍省のナンバーツーである海軍次官からの異動は、栄転と言っていい。

海軍軍人なら、誰もが夢に見る地位であり、これ以上の喜びはないはずだが――。

「あまり嬉しそうではないな」

永野が怪訝《けげん》そうに言った。山本が首を傾げて辞令を見つめているのが意外だったのかもしれない。

「そのようなことはありません。GFの長官は、この上ない名誉であり、私などには過ぎた地位です。私は、今の時期に異動をお命じになる理由をうかがいたいのです」

「君は、中央での勤務が長いからな。少し潮風《しおかぜ》にでも当たってきてはどうかと思ったのだ」

永野が言った通り、山本は五年近く艦船勤務に就いていない。現在のポストである海軍次官に任ぜられてからは、二年半が経過している。

だからといって、永野が本気で言っているとは思えなかった。

山本の表情の変化に気づいたのだろう、永野は真顔に戻った。

「理由は幾つかある。第一に、吉田《よしだ》（吉田善吾《ぜんご》中将。現時点の連合艦隊司令長官）の健康状態だ。君も知っての通り、GF長官はかなりの激務だ。吉田が任に就いてから、一年半が経過している。そろそろ交代させ、休ませてもいい頃だ」

「他の理由について、お聞かせいただけますか？」

（俺を海軍省から追い出すため、とは言うまい）

腹の底で、山本は呟《つぶや》いた。

永野が自分をGF長官に任じた真の理由は、中央から遠ざけるためであろうとの見当はついている。満州北西部のノモンハンで、関東軍とソ連・モンゴル軍の武力衝突が起きて以来、親独派の動きが、これまで以上に活発化している。

先の五相会議では、独伊との同盟締結がほぼ固まったとのことだ。永野も、「海軍だけが反対し続けるわけにはいかない」との理由で、賛成票を投じたという。

この状況下、三国同盟反対の急先鋒であり続けた山本が、軍官僚のトップである次官に就いていては、政府や陸軍との意志統一が困難になる。

それ故永野は、栄転という形で、山本を次官の椅《い》子《す》から追い払おうとしているのだ。

「実はな、君を中央から遠ざけて欲しいというのは、前海相の希望なのだよ」

永野は、思いがけない答を返した。

「米内さんが、ですか？」

「自覚していると思うが、君や軍務局長は親独派から憎まれている。『山本討《う》つべし』『井上を斬《き》れ』などと気勢《きせい》を上げている者までいる始末《しまつ》だ。悪くすれば、本当に君や井上が暗殺されかねない。それを避けるため、君を艦船勤務に就かせて欲しいというのが、米内の希望なのだ。『長門』の艦上なら、親独派も手を出せぬからな」

「海軍次官のなり手は何人もいます。私が消えたところで、海軍にとって、それほど大きな損失になるとは思えません」

「君に万一のことがあれば、陛下《へいか》も悲しまれる。君の忠誠心の篤《あつ》さは、陛下もよく御存知なのだ」

「陛下」の一言を聞いて、山本は威儀《いぎ》を正した。永野は、痛いところを衝《つ》いて来たのだ。

永野は、言葉を続けた。

「海軍次官が暗殺されるようなことになれば、三年前の二・二六事件と同等か、それ以上の大騒動になる。君は謙遜《けんそん》するが、自分がそれほどの重要人物なのだということを自覚して貰《もら》いたい」

山本は少し考え、あらたまった口調で聞いた。

「私のGF長官就任は、決定事項でしょうか?」

「その通りだ」

「御再考の余地はありませんか?」

「ない。総長も、既に了承しておられる」

「それでは、非才《ひさい》の身ではありますが、謹《つつし》んでお受けいたします」

山本は直立不動《ちょくりつふどう》の姿勢を取り、敬礼した。

（済まぬ、井上）

自分と共に、三国同盟の締結に反対して来た軍務局長に、心中で詫《わ》びた。

連合艦隊司令長官に就任すれば、軍政に関わる機会は著《いちじる》しく減少する。

だが、山本が長官就任を拒《こば》み続ければ、命令不服従を理由として、予備役《よびえき》に編入されるだろう。海軍省から姿を消すという点では、結果は同じなのだ。

それならば、素直に辞令を受けた方がよい。

五相会議で決まった以上、独伊との同盟締結は動かし難いが、柱島からでも、米英との戦争を避けるために動くことは可能なはずだ。

「受けてくれるか」

永野は相好《そうごう》を崩《くず》した。

「君は先見性に富み、発想力も非凡《ひぼん》なものがある。君の采配《さいはい》を、楽しみにしている」

山本五十六の連合艦隊司令長官への異動は、その日のうちに軍務局にも伝わった。

「山本さんにとっては栄転だし、喜ぶべき話なのだろうが……」

副官の浜亮一中佐から報告を受けた井上成美軍務局長は、深々とため息をついた。

同志を二人までも失ってしまった、と言いたげだ。

五相会議の結果、政府が独伊との同盟締結に舵《かじ》を切っても、山本、井上の二人は、頑《がん》として持論《じろん》を変えなかった。

山本よりも井上の方が頑固《がんこ》であり、親独派の憎悪《ぞうお》を集めていた。その井上も、山本が海軍省から去ると聞いて、気が挫《くじ》けそうになっているようだ。

「米内さんが海相に留まってくれていれば、政府が同盟締結を決めることも、このような人事もなかったのだが」

「前海相が退任されたのは、何故《なぜ》でしょうか？」

浜は、気になっていたことを聞いた。

米内の海相留任は、平沼総理も望んでいたと聞くが、海軍はその希望に応えず、永野を新たな海相として入閣させたのだ。

健康上の理由なら分からないでもないが、そのような話もない。

腑《ふ》に落ちない人事だった。

「確証はないが、宮様《みやさま》の横槍《よこやり》だろうな」

井上は答えた。

宮様とは、軍令部総長伏見宮博恭《ふしみのみやひろやす》元帥《げんすい》を指している。

海軍大臣、連合艦隊司令長官と並ぶ海軍三顕職の一人だが、皇族であると共に、元帥の地位を得ていることから、海軍内部に直言《ちょくげん》できる者はいない。事実上の、海軍の最高権力者だ。

その伏見宮が、取り巻きの一人である永野を海相に就けたのではないか、と井上は推測していた。

「永野さんが海相に就任されたとき、私も山本さんも、海軍が対米英協調の姿勢を貫けるかどうかを危《あや》ぶんだ。最悪の予想が、現実になってしまった」

「親独派の中には、ドイツと同盟を結ぶことで、海軍の軍備を大幅に強化できると主張している者が多数おりますが」

ドイツには、海軍にとっては垂涎《すいぜん》の的《まと》となる装備品が多数ある。

これらを導入して海軍の軍備を強化すれば、米英にも対抗できる、というのが親独派の主張だ。

井上は、愚《おろ》かなことを、と言いたげな表情を浮かべた。

「ドイツの技術を導入したところで、米国には対抗できんよ。米国もまた、ドイツに劣らぬ技術大国だ。何よりも、我が国と米国では生産力が違い過ぎる」

「私は、局長のお考えに賛成です。ドイツの技術を導入することで、米国との技術力の差を縮めることは可能と考えますが、総合的な国力では勝負になりません」

浜が井上に同調するのは、副官だから、というだけではない。

浜は少佐時代に、駐米大使館付武官を二年間務めた経験を持つ。

その間に、米国内をつぶさに見て歩き、その巨大な国力を自分の目で確認した。

米国との戦争になれば、日本には万に一つも勝ち目がないことを実感しているのだ。

ただ、ドイツの優れた技術を導入して海軍を強化したい、という考え方にも惹かれるものがある。

対米戦を避けつつ、ドイツからの技術導入を進める。そんな上手い手はないものか——と腹中《ふくちゅう》で考えていたが、井上の前では、表に出さなかった。

「独伊との同盟は、もはや阻止できまいが、米英との開戦は、何としても避けなくてはならぬ」

井上は、改めて決意を固めたような表情を浮かべ、力のこもった声で言った。

「軍務局長の地位に未練《みれん》はないが、非戦を貫くには、現職に留まっている方が都合《つごう》がいい。今の地位にいる限りは、できる限りのことをするつもりだ。——それが、いつまでになるかは分からないが」

自分の軍務局長勤務は、長くない。宮様が海相に言い含めれば、自分を赤レンガから追い払うのは容易《たやす》いことだ——井上は、そのことを悟《さと》っている様子だった。

5

大群衆が上げる歓声は、分厚《ぶあつ》い壁を通して、総統《そうとう》官邸の中にまで伝わって来た。

ドイツの首都ベルリンを南北に貫くフリードリヒ通《シュトラーセ》りを埋め尽くした大群衆が、鉤十字《ハーケンクロイツ》のナチス党旗とイタリア国旗を振り、盟邦からの来訪者を歓迎しているのだ。

閣僚の公式実務訪問程度であれば、ベルリン市民がこぞって歓迎することはない。

沿道に集まった人々の数と歓声の大きさが、この訪問が歴史上重要な意味を持つことを物語っていた。

ほどなく、来訪者が姿を現した。

イタリア軍の正装に身を固めている。地中海やアドリア海の色を思わせる、青い軍服だ。

身体は、縦横共に非常に大きい。

ガレアッツォ・チアノ。イタリア王国の外務大臣が、この日——昭和一四年六月三〇日、同盟条約調印のため、ベルリンに姿を現したのだった。

ナチス・ドイツ総統アドルフ・ヒトラーが、右手を挙げてチアノに挨拶《あいさつ》し、握手を交わした。

ヒトラーと並ぶと、チアノの体格の雄偉《ゆうい》さはひときわ目立った。

背は、ヒトラーよりも頭一つ分ほど高い。

「大入道《おおにゅうどう》だな」

先に到着し、式典の開始を待っていた駐独日本大使来栖《くるす》三郎《さぶろう》は、日本語で呟いた。

イタリア政府はヒトラーに位《くらい》負《ま》けしないため、

チアノを代表として訪独させたのではないかと、来栖には思えた。

ヒトラーが、来栖に歩み寄った。

「よくいらして下さった、来栖大使。日本が我がドイツ、そして盟邦イタリアとの同盟を決断したというのは、近年にない、素晴らしいニュースだ」

「恐縮《きょうしゅく》であります、総統閣下《かっか》。私は日本国の代表として、今日、この歴史的な出来事の当事者《とうじしゃ》となれることを、光栄に思っております」

ヒトラーが差し出した右手を握り返しながら、来栖はうやうやしい口調で応えた。

「私は貴国やイタリアとの同盟を、単なる利益共同体とは考えていない。貴国も、イタリアも、我がドイツ第三帝国の偉大《いだい》な運命を共に歩むに相応《ふさわ》しい盟友なのだ。この三国は、単なる利害関係を超えた強い絆《きずな》で結ばれているのだと考えて貰いたい」

「光栄であります、総統閣下。我が国は盟邦の役目を果たすため、最善を尽くすとお約束します」

「大いに期待していますぞ」

ヒトラーは、来栖に着席するよう促した。

来栖とチアノ、そしてドイツ外相ヨアヒム・フォン・リッベントロップが各々の椅子に腰を下ろすと、ヒトラーは居並ぶ党や軍の高官に向き直り、喨々《りょうりょう》たる声で言った。

「今日、一九三九年六月三〇日はドイツにとり、最良の一日として記録されるであろう。ドイツは二つの偉大な国、イタリアと日本を盟邦として持つことになった。イタリアは欧州でも有数の海軍力と、優れた工業力を併《あわ》せ持つ強国であり、国家社会主義の思想面では、我がドイツの先輩格ともいえる国である。日本は名誉あるサムライの国であり、近代国家として歴史の表舞台に登場して以来、対外戦争に敗れたことはない。一九〇四年から始まったロシアとの戦争において、見事な勝利を収めたことが、彼らの実力を物語っている。三国の同盟は、必ずや我らに大きな勝利をもたらすものと、私は確信している。

三国の絆は、歴史上いかなる同盟のそれよりも強く、永遠であることを、私は信じるものである。ジーク・ハイル！」

「ジーク・ハイル！」

と、高官たちが唱和した。

ヒトラーの挨拶が終わったところで、リッベントロップ、チアノ、来栖の前に、同盟の調印文書が置かれた。

来栖は、一枚ずつ、丁寧《ていねい》にサインをした。

この署名が、日本に何をもたらすことになるか、などということは考えていない。ただ、本国の訓令《くんれい》に従って、調印するだけだ。

三枚目の文書にサインを終えたところで、来栖は、リッベントロップ、チアノと固く握手を交わした。

日本、ドイツ、イタリアの三国同盟が、ここに成立したのだ。

6

三国同盟の締結が報じられてから一週間後、浜亮一中佐は東京・新橋にある馴染《なじ》みの小料理屋にいた。

海軍の軍装から、私服の背広《せびろ》に着替えている。

突き出しのキンピラゴボウを肴《さかな》に、冷や酒をちびちびとやっているところに、待ち人が到着した。

浜とは対照的に、カーキ色の軍服姿だ。背はさほど高くないが、肩幅が広く、がっしりした体つきだ。並外《なみはず》れた鍛錬《たんれん》を重ねた肉体であることが分かる。

「待ったか？」

「三〇分ほどです。先に、手酌《てじゃく》でやらせて貰いました」

陸軍中佐船坂兵太郎《ふなさかへいたろう》の問いに、浜は微笑して答えた。

階級は同じ中佐だが、船坂の方が二歳年長であることから、自然と言葉遣いが丁寧になる。

何よりも、船坂は浜の義理の兄に当たる。

「親戚《しんせき》同士なんだから、対等の話し方でいい」

船坂はそう言ってくれているが、浜は相手の方が目上《めうえ》であるとの態度を崩そうとしなかった。

「引き継ぎが長引いてね。出るのが遅くなった。家に戻って、着替える時間がなかった」

船坂は、浜の向かいに腰を下ろしながら言った。注文を取りに来た店員に、「いつものやつ、冷やで」と伝える。

「転属ですか?」

「欧州に行けとさ。スウェーデンだ」

船坂の答を聞き、浜は欧州の地図を思い浮かべた。

欧州でも、北方に位置する国だ。スカンジナビア半島の東側を占め、国の北部は北極圏に入る。

中立政策を採っており、独伊とも、米英仏とも、ソ連とも、等距離を保っている。

欧州で二度目の大戦が勃発《ぼっぱつ》しても、この国はスイス同様、どこにも与《くみ》しないだろうと見られている。

そのような場所への派遣となれば、考えられる仕事はただ一つ。日本公使館付の陸軍武官だ。

「何故、義兄《にい》さんがスウェーデンに? 義兄さんの専門や経歴を考えれば、米国か英国に行かされそうなものですが」

船坂は、典型的な陸軍士官のエリートコースを歩んで来た人物だ。中尉のときに陸軍大学校を卒業した後、米国に留学し、二年余りをかの地で過ごした。

帰国後は、陸軍省と参謀本部での勤務を等分に経験し、現在は米国や英国の情報収集と分析を担当する参謀本部第六課で勤務している。

英語に堪能《たんのう》であり、米国留学中は一度も通訳を必要としなかったという。

そのような士官は、米国か英国の大使館付武官に任じられそうなものだが——。

「米英とは、いつ火を噴くか分からん。仮に米国や英国に行っても、すぐに赤十字船《せきじゅうじ》で帰国することになっては意味がない。それよりは中立国で情報収集に当たれというのが、上層部からのお達しだ」

　そこまで言ったところで、店員が冷酒とつまみを運んで来た。

「本当のところは、俺を『樽《たる》の中の腐《くさ》った林檎《りんご》』と見なしているのさ。三国同盟を結び、独伊との紐《ちゅう》帯《たい》を強めていかねばならない今、俺を中央に置いたのでは、周囲に悪影響が出ると思われたんだろう」

　船坂は冷酒を一口飲み、自嘲《じちょう》的な笑みを浮かべた。

　船坂は米陸軍に知己《ちき》が多く、米国の国力が日独伊三国を合わせたものよりも強大であることも知悉《ちしつ》している。

　独伊との同盟には反対の立場であり、「米英と戦争してはならない」「米英との戦争は亡国の道だ」と主張し続けて来たという。

　外から見れば、親独一色に染まっているように見える陸軍だが、船坂や第二七師団長の本間雅晴《ほんままさはる》中将、兵務局の栗林忠道《くりばやしただみち》大佐のように、米英についてよく知る人物もいるのだ。

　ただ、そのような人物は主流派にはなれない。

　船坂の異動は、一見《いっけん》栄転のように見えるが、実質的には中央からの追放と見てよかった。

「俺だけじゃない。三国同盟の締結以来、親米英派の将校が何人も、中央から遠ざけられている。人事異動の時期でもないのに、異常なほどだ」

「満蒙国境の紛争終結も影響しているのでは？」

「それはあるだろうな。陸相などは『早速《さっそく》、同盟の効果が現れた』と大はしゃぎしているそうだし」

　――五月一一日、満蒙国境のノモンハン付近で勃発した国境紛争は、大規模紛争に拡大する動きを見せた。

　東捜索隊が壊滅し、山県支隊が撤退《てったい》した後、ソ連・モンゴル軍はハルハ川を続々と押し渡り、東岸地域に大兵力を集結させると共に、満州領内に航空攻撃を加えたのだ。

　関東軍も、モンゴル領内のソ連軍飛行場を爆撃すると共に、第二三師団の全力と第七師団の一部をノモンハンに向かわせた。

このまま紛争が拡大すれば、遠からず日ソ間の全面戦争に拡大することまで懸念《けねん》された。

ところが、七月に入ってから間もなく、紛争はあっけないほど急速に幕《まく》を閉じた。

七月二日、陸軍第一二飛行戦隊の偵察機が、ソ連・モンゴル軍が撤退しつつあること、ハルハ川の東側にソ連・モンゴル軍は一兵も残留していないことを確認したのだ。

同日、関東軍総司令部は第二三師団、第七師団に帰還命令を出し、七月六日、両師団はハイラルに到着した。

現在は、モスクワで駐ソ大使東郷茂徳《とうごうしげのり》とソ連外相ヴィヤチェスラフ・モロトフの間で停戦協定の交渉が行われているが、紛争自体は事実上終結したと言ってよい。

大本営《だいほんえい》では、ソ連・モンゴル軍が撤収したのは、六月三〇日に日独伊軍事同盟が正式に締結されたことが理由であろうと見ている。

ソビエト連邦共産党書記長ヨシフ・スターリンは、ドイツ、イタリアが日本との盟約を理由に参戦して来ることを恐れたのだ。

親独派が「独伊との同盟締結は正しかった」と大喜びし、勢いづいたのも、無理からぬことと言える。

独伊との同盟締結に反対し続けた人々が、中央から遠ざけられたのも、紛争の終息を受けてのことであったろう。

「海軍でも同じですよ。親米英派の中央からの異動は、同盟締結の前から始まっています」

浜は、冷や酒を飲みながら言った。

三国同盟反対の急先鋒だった米内光政海相も、山本五十六海軍次官も、海軍省から追いやられた。

井上成美軍務局長は現職に留まっているが、米内、山本がいなくなった現在、中央における影響力は極めて小さい。

海軍もまた、米英との協調から、独伊と連携し、米英と対決する方向へと舵を切っている。

このまま進めば、日本は米英との対決を余儀《よぎ》なくされるのではないか。

浜は、そのような危惧を感じていた。

「ソ連に対して同盟締結の効果があったことは、間違いないと俺は思う。しかし米英仏、特に米英に対して同様の効果があるとは思えない」

船坂の言葉に、浜は大きく頷いた。

米英両国は、ソ連とは違う。

地理的な条件が異なることに加え、両国の国力はソ連よりも大きい。

独伊との同盟は、ソ連に対する牽制《けんせい》にはなっても、米英に対する牽制にはなり得ない。

いや、米英がナチス体制下のドイツを敵視していることを考えれば、独伊との同盟は、米英との戦争を呼び込む危険すらある。

上官の井上も、前次官の山本も、それを懸念していたからこそ、独伊との同盟には反対していたのだが――。

「現内閣が組閣されたとき、海軍大臣が交替したことが、私には残念で仕方がないのです。米内海相が留任なさっていれば、海軍は独伊との同盟に反対の姿勢を貫けたと思うのですが」

浜は、口惜《くちお》しさを隠すことなく言った。

米内光政前海軍大臣は、

「米英の海軍と戦って、勝つ見込みはない。独伊の海軍は、まったくあてにならない。同盟など、愚の骨頂《こっちょう》だ」

と、公言《こうげん》していたものだ。

首相から質問を受けても、自己の所信《しょしん》をはっきり口に出来るだけの胆力《たんりょく》もある。

米内が海相の座に留まり続けていれば、海軍は最後まで反対し続け、独伊との同盟締結を白紙撤回できただろう、と浜は考えていた。

「どうかな、そいつは」

船坂は首を傾げた。

「米内さんや山本さんの評判は、俺も聞いている。親米英の姿勢を貫かれようとしていたことについては、尊敬の気持ちすら抱いている。それだけに、親独派の中には、お二人を敵視している者が多い。陸軍省にも、参謀本部にも、『米内と山本を斬れ』と公言していた者が少なからずいるほどでね。米内さんが海相に留まり続けていたら、本当に手を出す者が現れたかもしれない」

「そんなことをしたら、陸海軍の間で内戦が起きますよ。騒動は、二・二六事件の比じゃありません」

「その意味じゃ、米内さんが退任されたのは正解だったわけだ。俺も義弟と戦いたくはないし、久子《ひさこ》や幸子《さちこ》や貴子《たかこ》を泣かせたくはない」

船坂は苦笑した。

久子は浜の妻、幸子と貴子は娘だ。船坂にとっては、実の妹と姪《めい》になる。

船坂には、妻はいるが子供がいないため、二人の姪を我が子同様にかわいがっている。

その二人を泣かせたくないというのは、浜にもよく分かる。

「俺も、義兄さんを敵に回すのは御免《ごめん》ですよ」

浜は相づちを打った。

陸軍と海軍は、組織としては不仲《ふなか》であり、何かと対立することが多い。独伊との同盟締結問題などは、その典型例だ。

だが、個人での付き合いとなれば話は別だ。

船坂久子と婚約し、結納《ゆいのう》を納めたとき、浜は初めて義兄になる人物と会った。

その数日後、二人だけで会い、夜明けまで飲みながら、天下国家《てんかこっか》について語り合った。

陸海軍の違いはあれど、船坂とは初対面のときから相通《あいつう》ずるものがあったのだ。

以後、船坂とは何でも話せる間柄《あいだがら》になっている。

浜や船坂が軍人の家系であれば、

「陸軍の奴と親戚になるなどお断りだ！」

「海軍の奴に娘を嫁《よめ》にやれるか！」

と、父親によって峻拒《しゅんきょ》されたかもしれない。

だが、浜の父親は鉄道省《てつどうしょう》に勤める官僚、船坂の父親は国文学者《こくぶん》であり、軍には縁《えん》がなかった。

両家の婚姻《こんいん》は滞《とどこお》りなく運び、陸海軍の枠を超えた浜と船坂の付き合いも始まったのだ。

陸海軍が相戦《あいたたか》うようなことになれば、浜と船坂は敵同士になる。

そのような事態は、想像したくもなかった。

「陸軍内部の過激派は、次官や参謀次長が抑えている。『軽挙妄動《けいきょもうどう》はするな』と言ってね」

安心しろ――そう言いたげに、船坂は笑った。

「陸海軍が相打つようなことになれば、敵を利《り》するだけだ。米英仏ソといった国々から見れば、我が国が勝手に弱体化していくんだからな。陸海軍の上層部も、そこまで愚かではあるまい」

「なら、いいのですが」

「俺のことより、君はどうなんだ？　井上さんの下で働いている立場だ。上層部から、親米英派と見なされてるんじゃないのか？」

「今のところ、異動の話は来ていません」

心配そうな船坂の問いに、浜は答えた。

山本次官の異動後、軍務局にも大きな人事異動があるのではないかと予想したが、これまでのところ、そのような動きはない。

永野海軍大臣は、軍務局長の井上には、米内や山本ほどの影響力はないと考えたのかもしれない。

浜も井上の副官として、これまで通りの仕事を続けていた。

「海軍省での勤務が続くということだな」

船坂は頷いた。

「スウェーデンでの連絡先は、できるだけ早く知らせる。内地《ないち》での動きについては、手紙をくれればありがたい」

「できる限り、お伝えしますよ。中立国での勤務となると、御不便も多いでしょうし」

船坂はニヤリと笑った。

「中立国には中立国ならではの長所がある。スウェーデンでの勤務を、俺は楽しみにしているんだ。内地や盟邦にはないことを、いろいろと経験できそうなのでね」

第二章　帝国の選択

1

ストックホルムは、夏の終わりを迎えていた。日本帝国陸軍中佐船坂兵太郎が、武官として公使館に着任した頃に比べ、日は明らかに短くなり、気温も低くなっている。早朝などは、涼しさを通り越し、肌寒《はだざむ》さを感じるほどだ。

それでも一日の半分程度は、陽光が降り注いでいる。

市を構成する多数の島々とそれらを繋《つな》ぐ橋、港に浮かぶ色とりどりのヨット、王宮や多数の美術館、博物館の姿を、柔らかな日差しが青空の下に浮かび上がらせている。

東京では残暑が厳しい季節だが、ストックホルムの日差しは優しげであり、儚《はかな》ささえ感じさせる。いずれ訪れる厳しい冬には、太陽でさえ抗《あらが》えないことを示しているようだ。

この都が、東京よりも遥かに北に位置することを実感させた。

それでも浜辺には、水着姿で日光浴をしている人々が多い。

「この国は、年間の日照時間が短い。夏の間に、太陽の光をできる限り浴びるのが、人々の習慣だ」

船坂は前任の陸軍武官から、そのように聞かされていた。

正午過ぎ、船坂は、ストックホルム市庁舎の近くにあるホテルの喫茶室で人を待っていた。

午後一時丁度《ちょうど》に、その男は姿を現した。

年齢四〇歳前後と思われる白人だ。鶴《つる》を思わせる長身痩軀《そうく》の肉体で、薄いブロンドの髪を丁寧になでつけている。

船坂の向かいに腰を下ろすと、芳香《ほうこう》が漂《ただよ》った。何の匂いかは分からなかったが、英国紳士のたしなみらしく、香水をつけているようだった。

「ジョセフ・コールドウェル。大英帝国陸軍中佐。在スウェーデン公使館付武官だ」

男——コールドウェル中佐は、むっつりとした表情のまま、自己紹介した。

「船坂兵太郎《ヘイタロウ・フナサカ》。日本帝国陸軍中佐。貴官と同じく、公使館付武官だ。三週間前に、ストックホルムに着任した」

船坂は、ゆっくりと応えた。

「日本人にしては英語が上手《うま》いな。キングス・イングリッシュに、アメリカ南部の訛《なま》りが混じっているようだが」

「陸軍士官学校の英語教師はオックスフォードの出身だったが、アメリカで英語を教わった教師は、南部の出身だったのでね。テキサス州のダラスで生まれ育ったと言っていた」

「意思の疎通《そつう》が可能なら問題はない。オーストラリアの連中よりは聞き取りやすい」

コールドウェルは、初めて笑顔を見せた。

いかめしい武官の顔を快活《かいかつ》なものに見せたが、心を許した様子はないようだ。

船坂の母国が「敵の盟邦《ドイツ》」であり、今後の情勢によっては「交戦国」に移行する可能性があるためであろう。

「外交官同士の交渉なら、駆け引きのために持って回った言い方をすることもあるが、互いに軍人同士だ。率直《そっちょく》に話したいと考えるが、どうか？」

「私も、そのように望む」

コールドウェルの問いに、船坂は頷いた。

中立国の面白いところだ——と、腹の底で呟いた。盟邦であるドイツやイタリアの大使館付武官であれば、仮想敵である米国や英国の武官と直接接触するのは難しい。

だが、中立国であれば、交戦国の軍人であっても、直接会って意見交換ができるのだ。

陸軍中央は、自分を国外に追い払ったつもりかもしれないが、船坂は中央の措置《そち》に感謝していた。

「単刀直入《たんとうちょくにゅう》に聞く。日本には、我が大英帝国やフランス、あるいはアメリカ合衆国と戦争をする意志はあるのか？」

「同盟を結んでいる三国の中で、日本が真っ先に開戦に踏み切る理由はないと考える」

コールドウェルの問いに、船坂は慎重《しんちょう》に言葉を選びながら答えた。

「我が国が後ろ盾となって満州国を建国したとき、貴国は国際連盟の席上で我が国を激しく非難したが、戦争にまでは踏み切らなかった。その後はアメリカと共に、満州国の解体か門戸《もんこ》開放を求めたが、それも戦争事由《じゆう》とはならなかった。我が国と貴国やアメリカの間に、戦争にまで至る国際紛争はないということだ」

「ドイツ、あるいはイタリアが開戦に踏み切った場合は？」

「どちらが先に仕掛けるか、による。盟約における参戦条項は『加盟国が第三国から軍事攻撃を受けた場合、他の加盟国は参戦の義務を負う』となっている。しかし、加盟国の側から他国に戦争を仕掛けた場合、他の加盟国が参戦するかどうかは、その国の判断に委《ゆだ》ねられている」

「ドイツ、イタリア次第ということか」

「両国の動きについては、我が国よりも貴国の方が詳しい情報を得ているはずだ。ドイツ、イタリアが新たな戦争に踏み切る可能性、あるいは貴国やフランスがドイツ、イタリアに宣戦《せんせん》を布告する可能性はあるのか？」

国家社会主義労働者党《ナチス》が政権を握って以来、ドイツは一貫《いっかん》して強気の政策を採ってきたと言っていい。一九三五年の再軍備宣言、一九三六年のラインラント進駐《しんちゅう》、一九三八年のオーストリア併合《へいごう》と、ごく短期間のうちに、欧州の強国としての地位を回復して見せた。

これらの動きに対し、英仏は形ばかりの非難をするだけに留めた。

ドイツが「ドイツ系の住民が数多く住んでいる」との理由で、チェコスロバキアのズデーテン地方割譲《かつじょう》を要求したときには、英仏も動かないわけにはいかなかったが、最終的には南部ドイツのミュンヘンで開かれた会議で、ドイツの要求が認められている。

今年三月、ドイツがチェコスロバキアを併合したときも、英仏は非難声明を発表したものの、軍事的な措置は一切執らなかった。

イタリアに対しても同様だ。同国がドイツと歩調《ほちょう》を合わせるようにして、エチオピア、アルバニアを併合したときも、英仏は武力を行使しなかった。

船坂が籍を置いていた参謀本部の第六課は、

「先の世界大戦で膨大《ぼうだい》な犠牲《ぎせい》を出した結果、英仏は極端に戦争を恐れる国になった。英仏が自ら戦わない限り、米国も戦うことはない」

との分析結果を出している。

その結論は正しかったのか――そう見極《みきわ》めるつもりで、船坂はコールドウェルの答を待った。

コールドウェルは、しばし沈黙した。仮想敵国の武官に話していいものか、迷っているようだった。

ややあって、口を開いた。

「ドイツの出方次第だ。ドイツが武力を以てダンツィヒ回廊《かいろう》領有の野望を遂げようとするなら、我が国とフランスは、ポーランドとの相互援助条約が定めた義務に従わねばならないだろう」

ダンツィヒ回廊の名と同地を巡る紛争は、船坂も知っている。

先の世界大戦の結果、「新生国家ポーランドに海への出口を与える」との理由で、バルト海沿岸の港湾都市ダンツィヒが自由都市となり、同市とポーランド北西部の間に回廊が設けられた。

その結果、東部プロイセンはドイツ本土から切り離され、飛び地となってしまったのだ。

ドイツ本土から東部プロイセンに行くためには、海路か、ポーランド領を横切らねばならない。

また、ダンツィヒは元々ドイツ領だったこともあって、住民の九五パーセントがドイツ系だ。

ドイツにとっては耐え難い屈辱《くつじょく》であり、回廊をダンツィヒごと取り戻す機会を狙っていたのだ。

一方、ポーランドから見た場合、ダンツィヒは唯《ゆい》一《いつ》の外海への出口となる。

同地を失えば、ポーランドは対外交易の重要拠点を失い、経済的にも大打撃を受ける。

ドイツの要求は、到底《とうてい》呑めるものではない。

「我が国の在ドイツ大使館から、情報が届いている。ベルリンには多数の高射砲が設置され、空軍部隊の東部ドイツへの移動も確認された。本国に、邦人《ほうじん》引き上げ要請の電報を打電したとも聞いている」

「我が国の在ドイツ大使館も、同様の情報を伝えている。ドイツは、というよりヒトラーは、既に対ポーランド戦争の腹を固めたと考えていいだろうな。再軍備宣言以来、常に武力を背景に、『戦争も辞《じ》さず』の態度で対外的な要求を通して来た独裁者だ。ポーランドが要求を拒み通せば、戦争によって目的を遂げようとするだろう」

船坂の言葉を受け、コールドウェルは重い口調で言った。

(ドイツ、ポーランド間の紛争が、二度目の世界大戦を誘発することになるのか)

腹の底で、船坂は呟いた。

欧州の地図に火がつき、燃え広がってゆく様が脳裏に浮かんだ。

「昨年、ドイツがズデーテン地方の割譲を要求したときは、ミュンヘン会談で決着をつけた。今度も、国際会議で決着をつけるわけには行かないのか?」

船坂の問いに、コールドウェルはかぶりを振った。

「ヒトラーはチェコスロバキアを併合するとき、『これはヨーロッパにおける最後の領土要求である』と約束し、各国はそれを信じた。その舌の根も乾かぬうちに、新たな領土要求が飛び出したんだ。ヒトラーが詐欺《さぎ》師に等しいと判明した以上、我が国も、フランスも、遠慮《えんりょ》はしない」

「我が日本には、『仏の顔も三度』ということわざがある。先のチェコスロバキア併合が、貴国やフランスにとっての三度目だったということだな」

「貴官に聞きたいのは、日本の選択だ」

コールドウェルは、試すような視線を船坂に向けた。船坂個人ではなく、その背後に存在する日本そのものを試しているようだった。

「我が国には、ポーランドへの参戦義務はない。そもそも我が国には、ポーランドと開戦する理由はない。だが、貴国とフランスがドイツに宣戦を布告すれば、我が国も盟約に基《もと》づいて、参戦の義務を負うことになる」

「そのようなことは、貴官から改めて説明を受けずとも分かっている。私が知りたいのは、盟約に忠実に行動する以外の選択肢は、日本にはないのか、ということだ」

「政府に、それ以外の選択はできないだろう」

船坂は、日本から離れる直前の国内情勢を思い出しながら答えた。

陸軍は親独一色だ。海軍も平沼内閣の成立後、三国同盟締結に賛成した。

陸海軍が共に親独の姿勢を取る以上、政府も引きずられる。

欧州で二度目の大戦が始まれば、日本は独伊の側に立って参戦する可能性が高い。

「できることなら、アメリカやイギリスとは戦いたくない。三国同盟の締結に最後まで反対し続け、貴国やアメリカと協調すべきだと主張する者は、陸軍にも海軍にもいる。私も、その一人だ」

船坂の言葉に、コールドウェルは頷いた。

「貴官の個人的な立場は尊重《そんちょう》するが、国家の選択に対して個人が抗えるものでもあるまい」

「軍に奉職《ほうしょく》した以上、それは覚悟《かくご》している。立場上、個人の信条に反する行動でも、取らねばならないことはある、と」

「私も、互いに自分の立場はわきまえているということだな」

コールドウェルは立ち上がり、船坂に握手を求めた。

「今後も、有益な意見の交換ができることを願っている」

コールドウェルとの会見を終わり、公使館に戻ったとき、船坂は館内の空気が張り詰めているのを感じた。

「公使が、すぐに来て欲しいと言っておられます」

一等書記官の溝口《みぞぐち》太郎《たろう》が、船坂の姿を見つけるなり言った。

「内地で何かありましたか？　それとも盟邦で？」

「在独大使館から、内地と欧州各国の我が国公館に報告が届きました。戦車を含む多数のドイツ陸軍部隊が、東方国境に展開しているそうです。東部ドイツに配備されていた空軍機も、多くが東部国境付近の飛行場に移動したと、電文にありました」

2

新たな戦争の始まりを告げる号砲《ごうほう》は、係争の地であるダンツィヒで鳴り響いた。

現地時間の九月一日四時一八分、市の西方に複数の発射炎が閃き、夜明け前の闇《やみ》を、瞬間的に吹き払った。

市内の数箇所で爆発が起こり、街路の石畳《いしだたみ》が大きく抉《えぐ》り取られた。轟音と共に爆煙が湧き、粉砕された石塊《いしくれ》が空中高く舞い上がった。

炸裂音と衝撃に驚いて、大勢の市民が飛び起きた。寝間着《ねまき》のまま、家の外に飛び出した人々も相当数に上った。

彼らの耳に、西方上空から迫る爆音が届いた。

爆音が市街地の上空を通過した直後、複数の影が市の南東を流れるヴィスワ川の真上から降下し、サイレンを思わせるけたたましい音が鳴り響いた。

ヴィスワ川にかかる鉄橋のたもとに爆炎が湧き出し、大量の土砂が飛び散った。

橋を爆破するために仕掛けられていた爆薬の導火線が瞬時に断ち切られ、待機していたポーランド軍の兵士は唖然《あぜん》として、飛び去ってゆくドイツ空軍の機体を見送った。

ダンツィヒの港内でも、巨大な砲声が轟《とどろ》いている。

親善訪問の名目《めいもく》で入港していた戦艦「シュレスヴィヒ・ホルシュタイン」が、二基を装備する二八センチ連装主砲、合計四門を放ったのだ。

戦艦としては、いかにも年代物《ねんだいもの》といった姿だ。

中央部に屹立《きつりつ》する丈高《たけたか》い二本の煙突《えんとつ》も、低い艦橋や後部指揮所も、天空《てんくう》に向かって突き出された針のようなマストも、今世紀の初めに建造された、一時代前の艦であることを物語っている。

二八センチ砲も、戦艦の主砲としては、さほど大口径とは言えない。

それでも、至近距離から放たれる主砲弾の破壊力は凄まじい。

ドイツ軍の侵攻に備えて構築された要塞は、直撃弾によって外壁を抉り取られ、指揮所、兵舎、武器庫、需品《じゅひん》倉庫等の陸軍部隊の施設は、片《かた》っ端《ぱし》から吹き飛ばされてゆく。

将兵は、先の砲撃と爆撃によって、既に目を覚まし、戦闘配置に付いていたが、至近距離から巨弾を撃ち込んで来る戦艦が相手では、どうすることもできない。

右往左往《うおうさおう》する兵士の頭上からは、二八センチ砲弾だけではなく、副兵装の一七センチ砲、八・八センチ砲から放たれた、中小口径砲弾も降り注ぐ。

戦艦の兵装としては小さいが、破壊力は陸軍部隊が使用する火砲と比べて遜色《そんしょく》ない。

一七センチ砲弾、八・八センチ砲弾が炸裂する度、ポーランド軍の兵士は吹き飛ばされ、飛び交う弾片によって切り刻まれ、人体の残骸《ざんがい》と化してゆく。

「シュレスヴィヒ・ホルシュタイン」の巨体めがけ、小銃を発射する兵もある。

銃弾は艦を傷つけるどころか、遥か手前の海面に落下し、飛沫《しぶき》を上げるだけだ。

「シュレスヴィヒ・ホルシュタイン」が繰り返し上げる砲声と、巨弾の飛翔音、炸裂音が、銃声をかき消す。

抵抗を試みる兵も、一七センチ砲弾や八・八センチ砲弾が落下する中、朱《あけ》に染まって倒れてゆく。

「シュレスヴィヒ・ホルシュタイン」の砲撃開始と同時に、ダンツィヒは夜明けを迎えており、南東から陽光が差し込んでいる。

昇る朝日は、砲撃を繰り返す戦艦の姿をくっきりと照らし出したが、多数の砲弾を受けた地上には、どす黒い火災煙に妨《さまた》げられ、届くことはなかった。

ポーランドの西部国境、及び東プロイセンに面した北部国境では、漂う朝霧の中、ドイツ軍が進撃を開始している。

ポーランド政府が割譲を拒み続けたダンツィヒ回廊に留まらず、ポーランドの全領土を占領すべく、巨大な兵力が動き始めたのだ。

3

「東京のドイツ大使館と、ベルリンの我が国大使館の両方を通じて、ドイツ政府から速やかな回答要求が来ております」

九月五日、首相官邸で緊急に開かれた五相会議の席上で、有田八郎外務大臣が真っ先に口を開いた。

「聞かずとも予想はつきます。我が国は盟約通り、参戦するのかどうか、ということでしょう」

平沼騏一郎首相の応えを受け、有田はかぶりを振った。

「そうではありません。ドイツは、既に我が国が参戦するものと信じております。かの国が回答を求めているのは、参戦の時期はいつになるのか、です」

九月一日に始まったドイツとポーランドの戦争は、二国間戦争で終わることはなかった。

二日後の九月三日、英仏両国がポーランドとの相互援助条約に基づいて、ドイツに宣戦を布告し、英連邦の一員であるオーストラリア、ニュージーランドも、英国に倣《なら》ったのだ。

戦争は、国家の総力を挙げての激突となる。

欧州は、先の大戦に続く二度目の大戦に突入したのだ。

問題は、日本の去就《きょしゅう》だ。

三国同盟の盟約に従うなら、英仏両国、及びオーストラリア、ニュージーランドに対して参戦する義務がある。

日本に求められる役割は、極東の英仏植民地、すなわち香港《ホンコン》、マレー半島、シンガポール、ビルマ、仏印を攻撃して、英仏両国を牽制すると共に、オーストラリア、ニュージーランドからの英国への派兵《はへい》を妨害《ぼうがい》することだが——。

「今すぐには無理です。部隊を動員し、英仏植民地に遠征《えんせい》する準備を整えるには、どうしても時間がかかります」

板垣征四郎陸軍大臣が呻《うめ》くように言い、永野修身海軍大臣も、いかにも同感、と言いたげに頷いた。

「海軍も同様です。香港あたりならまだしも、仏印やマレー半島に出撃するとなりますと、艦隊の整備や補給に時間を要します。せめて三ヶ月前にドイツからの通告があれば、英仏の対独参戦に即応《そくおう》できたのですが」

「海相が言われる通り、あまりにも急でしたな」

板垣は、有田を睨《ね》めつけた。

外務省は何をやっていたのか。何故、ドイツにもっと早い段階での通告を要求しなかったのか、とでも言いたい様子だった。

「ドイツはポーランドに進攻しても、英仏の参戦はないとの見通しを立てていたのかもしれません」

有田は言《い》い訳《わけ》めいた口調で、板垣に応えた。

「その見通しは間違っていた、というわけですか」

溜息《ためいき》交じりの平沼の言葉に、有田は恐縮した体《てい》で言った。

「遺憾《いかん》ながら……」

「海軍は、三ヶ月あれば準備を整えられますか？」

平沼の問いに、永野は少し考えてから答えた。

「正確な見通しにつきましては、軍令部と協議した上で回答します」

「陸軍はどうです？　三ヶ月あれば、動員準備を整えることは可能ですか？」

「参謀総長とも協議の上で、回答します。参戦が正式に決定すれば、できる限り急がせるつもりではおります」

質問を予期していたのだろう、板垣は即答した。

何かを、強く訴えかけようとしているようにも見える。

独伊と同盟を結んだときから、こうなることは覚悟していたはずだ。腹をくるべきです、総理。そんな言葉が聞こえたような気がした。

「中立を守るという選択はありませんか？」

「馬鹿《ばか》な！　肝心《かんじん》なときに、盟邦の役に立たずして、何のための同盟か」

石渡荘太郎大蔵大臣の問いに、板垣が突っぱねるように答えた。

「同盟の条文には、参戦条項があります。加盟国が第三国より攻撃を受けた場合、他の加盟国は参戦の義務を負う、と。調印してから、二ヶ月余りで破るようなことをすれば、我が国の外交は他国から信用されなくなってしまいます」

有田も言った。

「今回の場合は『加盟国が先に戦端《せんたん》を開いた場合』に該当すると考えます。この場合、他の加盟国に参戦義務はありません。現にイタリアは、参戦しておりません」

石渡は反論した。

英仏両国が対独宣戦を布告した直後、イタリア政府は中立を守る旨、声明を発表している。

ドイツ政府は「背信行為《はいしん》だ」とイタリアを責めることもなく、沈黙を保っている。

「ポーランドに対しては蔵相の言われる通りですが、英仏に対しては『加盟国が第三国より攻撃を受けた場合』に該当します、イタリアの事情については推測するしかありませんが、かの国も我が国同様、開戦準備が整っていないのでしょう。当面は中立を表明し、時間を稼《かせ》いでいるのだと考えます」

板垣に続けて、有田が言った。

「独伊両国の間には、密約《みつやく》があるのかもしれません。イタリアは参戦を一定期間待つといったような。極東にある我が国に比べ、独伊は互いに距離が近く、首脳会談も外相会談も容易ですから」

「我が国は蚊帳《かや》の外ですか。気に入りませんな」

吐き捨てるように、石渡は言った。そのような国と同盟を結ぶ意義はあるのか、と言いたげだった。

「いっそ、同盟を破棄してはいかがです？　我が国に一片《いっぺん》の通告もなく、ポーランドに進攻したドイツは信用に値しない、という理由で。そうすれば、米英仏との関係は改善に向かいますぞ」

「そのようなことをすれば、我が国は世界中から軽蔑《けいべつ》されるでしょう。英仏が敵に回った途端《とたん》、同盟を破棄して逃げ出した臆病《おくびょう》国家として。以後、我が国と同盟を結んでくれる国は、どこにもなくなるでしょう」

陰気《いんき》な表情で有田が言い、板垣も口を添えた。

「我々の先達《せんだつ》は、日清《にっしん》、日露の両戦役で勇敢《ゆうかん》に戦い、日本に勝利をもたらしました。戦いに背を向けるのは、偉大な先達の顔に泥を塗ることになります。それだけではありません。我々の子孫に、消えることのない汚名《おめい》を背負わせることにもなるのです。そのようなことをしては、地下の大山《おおやま》閣下（大山巌《いわお》元帥。日露戦争時の満州軍総司令官）や児玉《こだま》閣下（児玉源太《げんた》郎《ろう》大将。日露戦争時の満州軍総参謀長）に合わせる顔

「海軍はどうなのです？」

石渡は、永野海相に矛先《ほこさき》を向けた。

この人物は、五相会議でも、閣僚会議でも、積極的に話すことが少ない。黙《だま》って話を聞くばかりであり、必要最小限のことしか喋《しゃべ》らない。

海軍大臣というより、鈍重《どんじゅう》な草食獣が、ただそこにいるだけのようにも見える。

「海軍は、政府の決定に従うのみです。英仏と戦えと言われれば戦いますし、矛を収めよと言われれば収めます。が――東郷《とうごう》元帥（東郷平八郎《へいはちろう》元帥。日露戦争時の連合艦隊司令長官）の御意志を継ぐ立場として、これだけは申し上げておきたい。我が海軍に、敵に背を向けるような臆病者はいません。どれほどの強敵であろうと、正面から戦う覚悟はできています、と」

永野は表情をあまり動かさず、口だけを開閉させて答えた。

話す内容は、海軍軍人の誇《ほこ》りを感じさせるものだが、永野自身がどこまでそれを信じているのかは分からなかった。

「陸相、海相、外相は、参戦そのものには反対ではないということでよろしいですな？　ただ、準備の問題があるため、今すぐの参戦はできかねる、と」

「左様《さよう》です」

「総理の言われる通りです」

板垣が頷き、永野も同調した。

「こうしてはいかがでしょうか？　陸相、海相は、軍令の責任者と協議の上、開戦準備が整う時期を見極めていただく。その上で、もう一度集まり、参戦の時期について協議する。最終的には御前《ごぜん》会議を開き、陛下の御裁可をいただいた上で、開戦の是非を決定する、ということでは？」

平沼が全員の顔を見渡し、同意を求めた。

異議を唱える者はいなかった。

4

「政府は連合艦隊にどこまで求められますか？　それによって、答が変わって来ます」

　連合艦隊司令長官山本五十六中将は、平沼騏一郎首相に尋《たず》ねた。

　この日——一〇月五日、山本は東京・永田町の首相官邸に呼び出され、平沼首相から直接、

「英仏と開戦した場合、日本海軍は英仏海軍に勝てるか」

　との質問を受けたのだ。

「どこまで、とは？」

「連合艦隊には、欧州までの遠征と英仏海軍との決戦を求めるのか、それとも英仏の極東植民地を攻撃するだけに留めるのか、ということです」

「欧州への遠征まで、求めるつもりはありません。ドイツも、そこまでは求めておりません」

「英仏の極東植民地を攻略すれば充分、ということですね？」

「その通りです」

「それをうかがって、安心しました」

　山本は、初めて笑顔を見せた。

「実のところ、欧州まで行けと言われましたら、職を辞してでも反対するつもりでした。ですが、南方の攻略だけであれば可能です」

　まずフランス海軍は、日本にとってほとんど脅威にならない。

　戦力が日本海軍より小さい上、イタリアの参戦に備えなければならないことを考えると、極東に兵力を派遣する余裕はないはずだ。

　問題は英海軍だが、最も重要なのは英本土の防衛であり、次に重要なのは、地中海の西側出口であるジブラルタルや極東植民地との連絡線となるスエズ運河の防衛となる。

　極東に回せる兵力は、さほど大きくないはずだ。

連合艦隊としては、「我の全力を以て彼の分力《ぶんりょく》を討つ」戦いが展開できる。

「英仏海軍に対する勝算は、充分あるということですね？」

平沼は、満足げに頷いた。

欧州における戦争勃発の第一報を聞いて以来、参戦には迷っていたが、どうやら腹を据えるときが来たようだ、と言いたげだった。

「ここ一ヶ月の間に、欧州情勢は――いや、極東も含めた世界の情勢が大きく変わりました。我が国も、独伊両国も、当面の敵である英仏に、全力を振り向けられます」

九月一日より始まったドイツ軍のポーランド進攻は、九月一七日に劇的な展開を見せた。

東部国境より、ソ連軍が「ウクライナ系、及び白ロシア系の住民を保護するため」との名目で、大挙侵入したのだ。

東西から挟撃《きょうげき》されてはひとたまりもなく、ドイツ・ポーランド戦役は九月二七日、ワルシャワの陥落《かんらく》とポーランドの全面降伏で幕を閉じた。

ポーランドは独ソ両国によって東西に引き裂かれ、地上から消滅したのだ。

この間、英仏両国はほとんど動きを見せていない。

英仏両国の日本大使館からは、「軍の動員が間に合わなかった模様」との報告が送られている。

ポーランドが英仏と結んだ相互援助条約は、有名無実のものでしかなかったのだ。

ポーランド降伏の五日後、一〇月二日に、日独伊三国とソ連の間で相互不可侵条約が結ばれた。

同条約については、ノモンハン事件の終了直後から話し合われていたが、条件面で折り合いが付かず、交渉は長引いた。

ポーランドの崩壊後、ようやく日独伊とソ連の間で合意が得られ、「日独伊ソ相互不可侵条約」が締結されたのだ。

日本も、ドイツ、イタリアも、背後を脅《おびや》かされることなく英仏と戦える態勢が整ったことになる。

「ただし、相手が英仏二国に留まるとの保証はありません。両国の後ろには、米国が控えています」

これが、自分の最も言いたいことだ――その意を込め、山本は言った。

「米国が参戦すると言われるのですか？」

「私よりも総理や外相の方が、正確にお見通しになれるでしょう」

平沼は、しばし沈黙した。

山本が「米国」の名を口にするまで、英仏との戦争しか頭になかったのかもしれない。

「仮に米国が参戦したとして、帝国海軍は米海軍に勝てますか？」

「連合艦隊の責任者としましては、最善を尽くすとしか申し上げようがありません」

「独伊の海軍が加勢《かせい》しても、見込みはありませんか？」

「独伊の海軍は、英仏の海軍を相手取るだけで精一《せいいっ》杯《ぱい》でしょう。両国には、大きな期待はできません」

平沼は、懊悩《おうのう》の表情を浮かべた。

「首相の立場としましては、海軍に勝利を確約して欲しいところですが」

「確証のないことを申し上げるのは、かえって無責任というものです。やれと言われれば、最初の半年や一年は存分に暴れて御覧《ごらん》にいれますが、二年、三年となりますと確信は持てません」

（米内さんや井上なら、米英には勝算なしと言い切るだろう）

山本は、自分と共に三国同盟に最後まで反対し続けた二人を思い出している。

米内光政前海相も、井上成美軍務局長も、気休《きやす》めは言わない人物だ。

あの二人が今の山本の立場にあれば、

「勝算はありません。帝国海軍は、米英の海軍と戦うようにはなっておりません」

と、はっきり首相に伝えたに違いない。

だが、山本は実働部隊の責任者だ。「米英とは戦えない」と口にできる立場ではない。

「戦いが長期化すれば、米国の巨大な国力がものを言うから、ですか？」

平沼の問いに、山本は頷いた。

「私が海軍次官を務めていた頃、陸軍と海軍を問わず、私のところに押しかけて、『独伊との同盟締結に同意を』と迫る者がいました。私は、彼らに言ったものです。『一度米国に出かけて、工場の煙突を数えて来い』と。我が国の何十倍、いや何百倍もあることが、すぐに分かるでしょうから」

「日露戦役のときは、国力で遥かに上回るロシアに勝ちましたが」

「短期決戦だったから勝てたのです。あの戦争があと一年、いや半年続いていたら、戦局は逆転し、我が国は敗北の憂き目《うめ》を見ていたでしょう。長期戦となれば、国の底力《そこぢから》がものを言います」

「英仏とは戦っても、米国と戦ってはならない。それが、長官のお考えですか？」

確認を求めた平沼に、山本は断定口調で答えた。

「最初から、そのように申し上げています。独伊と同盟を結んだ以上、英仏との戦争はやむを得ないでしょう。ですが交渉次第では、米国との戦争は避けられるはずです。どうか米国を敵に回さぬよう、外交をしっかりやっていただきたい」


翌一〇月六日、山本は東京・霞ヶ関の海軍省に、永野修身海軍大臣を訪ねた。

「『米国には勝てぬ』と総理に言ったそうだな？」

大臣室に山本が入室するなり、永野は詰問《きつもん》口調で言った。

「はっきり、そう申し上げたわけではありませんが、それに類《るい》することはお伝えしました」

頷いた山本に、永野は論難《ろんなん》する口調で言った。

「GF長官としては、不謹慎《ふきんしん》ではないかね？」

「御言葉を返すようですが、私としましては適切にお答えしたつもりです。米国は恐るべき敵であり、戦っても勝算がないことは、私が次官を務めていた頃から、再三《さいさん》申し上げて来たことです。その現実を総理にお伝えすることも、GF長官の役目です」

「建造中の新型戦艦があるではないか。列強の戦闘機と比較しても遜色ない新鋭機も開発中だ。それらが揃《そろ》えば、米国には充分対抗可能なはずだ」

「新型戦艦の完成は再来年末、訓練を終えて戦力化されるのは、更《さら》にその半年後です。新型戦闘機にしても、まだ開発段階であり、量産に移れるのは来年からです。現在の軍備で米国と戦っても、勝算はありません」

「米国と戦えるのは三年後ということか?」

「左様です」

「それでは、ドイツが納得せぬ」

「元々海軍は、昭和一六年頃を目標に、新型艦の建造や新鋭機の開発を進めてきました。独伊との同盟締結が今年になり、米英仏との対立が深刻化するなどという事態は想定外だったのです」

「三国同盟を結んだ政府が悪いと言いたいのか?」

「そうは申しません。ただ、政治であれ、軍事であれ、最も大切なのは、現実を正確に認識することだと申し上げたいのです」

永野は、しばし山本の顔を睨《にら》み付けていた。すぐには憤懣《ふんまん》が収まらない様子だったが、話を切り替えた。

「では、現実的な話をしよう。不幸にして、今の時点で対米開戦に至った場合、GF長官としてはどのように戦うつもりかね?」

「米軍に出血を強要し、厭戦《えんせん》気分を誘って、講和の機会を作る以外にありますまい」

山本は、考えていた答を返した。

「米国では、国民世論《よろん》が政治を大きく左右します。我が国との戦争で、思いがけず大きな犠牲が生じれば、国民の間に厭戦気分が生じ、米国政府を動かす力になるかもしれません。米国に勝つ、というより も、多少なりとも有利な条件で講和を結ぶ手段は、他に考えつきません」

「可能なのか、それは？」

「GFだけでは実行不可能です。海軍省にも、軍令部にも、協力していただく必要があります」

「柱島から赤レンガを動かそうというのか？」

永野は顔をしかめた。

連合艦隊司令長官は海軍三顕職の一つであり、海軍大臣、軍令部総長と同格の地位ではあるが、山本は中将、永野は大将だ。

階級が下の山本に、海軍省を動かされてはたまらない——そんな懸念を抱いたのかもしれない。

「赤レンガを動かす意図《いと》などはありません。不幸にして対米開戦となった場合の方策を具申《ぐしん》し、協力をお願いしたいだけです」

「……どうすればよい？」

永野は、どこか忌々《いまいま》しげな口調で聞いた。

山本の物言いは癪《しゃく》にさわるが、海軍大臣の立場上、連合艦隊司令長官の意見には耳を傾けねばならぬ、と考えたようだ。

「単刀直入に申し上げます。今後は砲術や水雷よりも、航空を重視していただきたい、ということです。航空機の技術は日進月歩《にっしんげっぽ》であり、かつては搭載できなかった大型爆弾や魚雷を搭載できる機体も登場しております。空母と航空機が戦艦にとって代わる時代は、もうそこまで来ています」

「持論の航空主兵主義か」

永野は、露骨《ろこつ》に嫌な表情を浮かべた。

海軍では砲術の出身者が主流を占めており、海軍省や軍令部にも、砲術畑《ばたけ》を歩んで来た者が多い。

それだけに、航空主兵主義には反発する者が少なくない。

目の前の海軍大臣もその一人だ。

「米海軍でも、空母と航空機を重視しており、東海岸の造船所で、多数の空母を建造しているとの情報が入っております。ぼやぼやしていては、米国に先を越されます。そうなる前に、手を打たなくてはなりません」

「空母は現在、正規空母と小型空母を含めて五隻ある。新しい正規空母も、横須賀と川崎《かわさき》で建造中だ。それでは不足かね？」

「不足です。戦時となれば、米国が多数の空母を建造し、前線に送り込んで来ることは目に見えています。新型空母が二隻加わったぐらいでは、追いつきません」

「君の案は？」

「一一〇号艦、及びマル四計画の重防御空母の建造を中止し、短期間で建造が可能な戦時急造型空母に切り替えて下さい。一一〇号艦も、重防御空母も、建造には時間がかかり過ぎます。米国がいつ参戦するか分からない現在、何年もかけて、大型艦を建造する余裕はありません。戦争に間に合わせることが可能な艦を優先すべきです」

一一〇号艦はワシントン軍縮条約の失効後に建造される新型戦艦の三番艦として計画された艦で、横須賀海軍工廠《こうしょう》での建造が決まっている。

マル四計画の重防御空母とは、昭和一四年度の計画で建造が決まった艦だ。戦艦並みの重装甲を持つ、打たれ強い空母として設計されている。

一一〇号艦は完成までに五年程度、重防御空母も三年程度は見なければならない。

平時であればともかく、戦時に、そのような艦をじっくりと作る余裕はない。

性能よりも、戦争に間に合わせることを優先すべきだ、と山本は主張した。

「一、二号艦の建造まで中止しろとは言うまいな？」

永野の口調は冗談《じょうだん》めかしていたが、目は笑っていなかった。

世界最大最強の戦艦として計画された新型戦艦は、この時点では「一号艦」「二号艦」と呼称されている。

前者は呉海軍工廠で、後者は三菱長崎《みつびしながさき》造船所で、それぞれ建造中だ。

「一、二号艦の建造など、予算の無駄遣《むだづか》いだ。それだけの予算があるなら、空母の建造と航空機の生産に回すべきだ」

と主張する者は少なくない。

山本も次官を務めていたとき、一号艦の設計者である造船大佐に、

「早く空母に切り替えてくれんかね」

と言ったことがある。

この場でそれを主張するつもりか、と思ったのかもしれない。

「最初はそれも考えましたが、思い直しました」

山本は苦笑しながら答えた。

一、二号艦の建造を中止するのではなく、巨大な艦体を利用して、空母に転用してはどうか、と考えたことはある。

両艦の巨体を利用すれば、搭載機数が一〇〇機を超える超大型空母が作れる。

だが、一、二号艦を空母に手直しするとなれば、設計や工程計画の変更だけでも半年はかかる。

「戦争に間に合わせる」ことを優先するなら、一、二号艦はこのまま建造を続け、戦艦として竣工《しゅんこう》させる方が得策《とくさく》だ。

米海軍にも大艦巨砲《たいかんきょほう》主義の信奉者が多いことを考えれば、艦隊砲戦の機会が消えるわけではない。

両艦の巨大な艦体に対空火器を満載し、空母の護衛に使う手もある。

運用次第で戦艦は充分役に立つ、と考えたのだ。

「一一〇号艦も、重防御空母も、まだ建造は始まっていない。両艦に代えて、戦時急造型空母を建造することは可能だろう」

頷いた永野に、山本は言った。

「今ひとつ、人事面での希望があります」

「GFの参謀か？　それとも艦隊指揮官かね？」

「井上成美を、航空本部長に就けていただきたいの

です」

5

海軍省における人事異動は、一〇月二〇日に発令された。

「航空本部長への御栄転、おめでとうございます」

本部長室に入室した浜亮一中佐は、型通りに祝詞《しゆくし》を述べた。

「軍務局長から下ろされることは想定していたが、次の職が航空本部長だとは思わなかった。第三艦隊か第四艦隊あたりに異動させられるものと思っていたが」

苦笑しながら、井上は言った。

航空本部長は中将が務めるのが通例であり、少将が任じられた例はない。

おそらく、次の定期人事異動で井上の中将昇進が内定しており、前倒《まえだお》しの形で航空本部長に任じられたものと思われた。

「山本長官が、熱心に運動して下さったと聞いております」

浜は言った。

人事局にいる同期から聞いた話では、永野海相は台湾《たいわん》の警備を担当する第三艦隊の参謀長に井上を異動させ、中央から追い払うつもりだったようだ。

山本は先手《せんて》を打ち、「井上を航空本部長に」と推挙《すいきよ》したのだろう。

永野も、航空本部長であれば、政治にまで口出しされることはないと考え、井上の異動を了承したのかもしれない。

「栄転はありがたいが、日本全体としては、歩んではならない道に足を踏み入れている。今の時期、航本の部長を交代させたというのは、海軍も開戦に向けて腹を固めたということだろう」

井上は、顔を曇《くも》らせた。

自分が独伊との同盟に断固として反対し続けたの

は、このような事態になるのを恐れていたからだ、と言いたげだった。

「海相は、『海軍は政府の決定に従うのみ』と言われたそうですが」

「話にならん」

吐き捨てるように、井上は言った。

「政府が誤った決定をしないよう、軍事面から助言を行うのが海相の役目だ。会議の場ではろくに発言せず、『政府の決定に従うのみ』などというのは、ただの怠慢《たいまん》に過ぎぬ」

（本部長こそ、最も海相に相応しい方かもしれぬ）

そんな想念が、浜の脳裏をかすめた。

井上は、相手が上官であっても、自己の所信をはっきりと主張する人物だ。

井上が海相の職にあれば、陸相や外相であろうと、首相であろうと、独伊との同盟には断固として反対し続けたであろうし、戦争についての見通しを尋ねられたときにも、「勝算はありません」と言い切ったことだろう。

先任者の存在を考えれば、井上の海相就任は非現実的だが。

「山本長官が総理と話されたとき、『英仏だけが相手なら勝算はあるが、その後ろには米国が控えている』と申し上げたそうです。『米国だけは敵に回さないよう、外交をしっかりやっていただきたい』と、伝えられたとか」

「長官も、まずい言い方をしてくれたものだ。それでは、総理に誤った印象を抱かせてしまう。『戦争は、英仏だけを相手にすれば済む。米国は外交交渉によって、参戦を防ぐことができる』と」

「我が国が開戦に踏み切った場合、米国が参戦して来る確率はどの程度とお考えでしょうか?」

「十中の十だ」

浜の問いに、井上は言い切った。

「米国人の多くにとり、英国は父祖《ふそ》の地だ。フランスから移民して来た人々の子孫も多い。米国が英仏の危機を見過ごしにすることは、決してあるまい」

「ルーズベルト大統領は先の大統領選挙の折り、国民に対して不戦《ふせん》を公約しています。かの国では、大統領の公約が絶対的な重みを持つ以上、参戦はないとの主張もあります」

「大統領の公約以上に重みを持つのが、国民の世論だ。参戦すべしとの世論が多数派になり、議会も賛成すれば、大統領も参戦に踏み切るはずだ。米政府は、世論や議会を参戦に向かわせるような国内工作を仕掛けるのではないか、と私は睨んでいる」

浜は、しばし押し黙った。

義兄の船坂兵太郎陸軍中佐から、

「米国は自由と民主主義を重んじる国だが、清廉潔《せいれんけっ》白《ぱく》ではない。必要とあらば、他国に対する謀略《ぼうりゃく》も辞さない国だ。あの国の戦争の歴史を精細《せいさい》に調べると、そのことがよく分かる」

と聞かされたことがある。

米国が、自国民に参戦を納得させるような策を目《もく》論《ろ》んでいるとしたら――。

「米国参戦の兆候は、既に現れている」

井上の言葉で、浜は我に返った。

「三艦隊から届いた情報によれば、九月一日以降、米英、米仏間の交信や人の往来が増大している。米アジア艦隊の長官がシンガポールやハイフォンを訪れ、英東洋艦隊や仏極東艦隊の長官と会談を行った他、幕僚《ばくりょう》もフィリピンと仏印、マレーの間を往復している。これらは、我が国の参戦に向けての動きと見ていいだろう」

「米大使館と本国の間でも、九月一日を境《さかい》に、通信量が急増しています」

「我が国が参戦すべきではないとの考えに、変わりはない。今からでも遅くはないから、独伊との同盟を破棄すべきだとも思っている。が、私は航空本部長に任ぜられた立場だ。自身の考えと、海軍の航空行政については、切り離さなければならない」

井上はあらたまった口調で言い、浜の顔を見つめた。

「君は、第二課に異動したそうだな」

「主として国防政策の立案・検討に携わる他、航本との連絡・調整役を務めるよう命じられました。本部長にはいろいろと御面倒をおかけするかもしれませんが、よろしく御指導下さい」

浜は威儀を正した。

軍務局の第二課は、視野の広さや国際感覚を特に必要とされる部署だ。

やり甲斐のある仕事ではあるが、航空関係の職歴を持たない自分に航本との連絡や調整役を命じられたことについては、多少の不安があった。

「新任の軍務局長は、何と言っている？」

「盟邦からの技術導入を積極的に進めることで、海軍をより強くしてゆきたいと考えておられます」

「岡《おか》の考えそうなことだな」

井上は、小馬鹿にしたように鼻を鳴らした。

井上が航空本部長に異動した後、新しい軍務局長には、第一課長を務めていた岡敬純《たかずみ》大佐が就いている。親独派の一人で、同盟締結以前は、何度も「独伊との連携に御賛成下さい」と、井上に直談判《じかだんぱん》をした人物だ。

親独派が軍務局を掌握《しょうあく》したことで、海軍も陸軍同様、親独伊にのめり込んでゆくことになる。

「君自身はどう考えているのかね？」

「使えるものは使わなければ損です。その意味では、新局長のお考えに賛成です。どこの国が開発したものであれ、技術は技術ですから」

「君は割り切っているようだが、ドイツは我が国を利用することしか考えておらんぞ」

「それ以上に、我が国がドイツを利用すればよいと考えます。我が国とドイツが相互に利用し合い、最終的に黒字になればよい、と」

「ドイツが我が国を利用する以上に、こちらもドイツを利用する、か」

井上は、意外そうな表情で浜の顔を見つめた。

浜は人の良さそうな風貌《ふうぼう》の持ち主であり、江田島の教官や上級生から「軍人よりも客商売に向いていそうな顔だ」と言われたこともある。

その浜が、したたかな考えを持つとは思っていなかったのかもしれない。

「以前にも申し上げましたが、私は本部長のお考えに共鳴しております。独伊との同盟を結ぶべきではなかったとの考えに、変わりはありません。ですが、現実に同盟を結んでしまった以上は、その状況を利用すべきです」

「その考え、気に入った。ドイツをとことん利用し、ヒトラーを悔《くや》しがらせてやろう」

井上は小さく笑い、あらたまった口調で言った。

「航空本部長に就任する前から言っていたことだが、今後は航空機の役割が重要性を増す。航空兵力の拡充は、待ったなしだ。航空機の増産に努めると共に、搭乗員の大量養成にも力を入れなければ」

「飛行機と搭乗員の数を揃えることは大事ですが、数を揃えるだけでは不足です。米軍機と戦い、勝てる機体でなければ、配備する意味はありません。この点につきましては、艦艇の建造計画と同じです」

「戦闘機のことを言いたいのかね？　三菱のＡ６Ｍ（次期主力艦上戦闘機）を、できる限り早く配備すべきだと？」

「戦時には技術開発が急速に進みます。Ａ６Ｍが、緒戦《しょせん》では米軍の戦闘機に打ち勝ったとしても、優位はそう長くは続きません。早急《そうきゅう》に――可能であれば年内にも、後継機の開発を始めるべきです」

「Ａ６Ｍの生産も始まっていないのに、次の艦戦を？」

井上は、驚きの声を上げた。気が早すぎるのではないか、と言いたげだった。

「米国は工業生産力だけではなく、技術開発の能力も優れています。米国の参戦が懸念される以上、将来を見据えた新鋭機の開発には、早急に着手すべきです。実は、ドイツから強力な航空機用発動機の売り込みが来ております。出力は中島《なかじま》『栄《さかえ》』の倍近く、戦闘機用の発動機には最適だとか。三菱も、ライセンス生産に乗り気だそうです」

「君が先に言った、ドイツの利用か」

早速来たか――井上の表情は、そんな言葉をうかがわせた。

浜は、熱意を込めて言った。

「ソ連と不可侵条約を締結したおかげで、シベリア鉄道をドイツとの連絡に利用できます。この際、盟邦からの技術導入について、航本が先頭に立ってはいかがでしょうか?」

6

日本国内では、開戦の準備が整いつつあった。

大本営では、欧州諸国がアジアに保有する植民地の占領と解放を戦略目標に定め、フランス領インドシナ、英国領マレー半島、シンガポール、ビルマ、及びオランダ領東インドを攻略目標に定めている。

英国領香港も攻略目標に上げられたが、同地への進攻には中華民国《ちゅうかみんこく》の領内を通過する必要があることと、国民党政府の合意が得られていないことから、

「飛行場、港湾施設を破壊し、無力化するに留める」

との方針が定められた。

オランダは参戦していないが、蘭領《らんりょう》東インドの油田と製油所は、日本の継戦能力確保には不可欠だ。

またオランダは、三国同盟締結以来、米英仏に同調して日本への経済制裁に加わり、石油を始めとする軍需《ぐんじゅ》物資の輸出制限を行っている。

このため、政府大本営連絡会議では、「帝国の自存自衛のため」という名目で、英仏蘭三国への宣戦布告と、蘭領東インドへの進攻が定められた。

海軍では、第二、第三の両艦隊を南方攻略に充《あ》てるものとし、両艦隊を台湾の高雄《たかお》に集結させている。

両艦隊の統一指揮は、第二艦隊司令長官の古賀峯《こがみね》一《いち》中将が執る予定だった。

連合艦隊司令長官の直率部隊である第一艦隊は、柱島泊地で待機している。

旗艦「長門」以下の戦艦六隻、重巡二隻、第一、第三水雷戦隊の軽巡二隻と駆逐艦一九隻、第一航空戦隊の空母二隻と駆逐艦四隻という編成だ。

うち、一航戦の空母「赤城《あかぎ》」「加賀《かが》」と駆逐艦四隻は、南方攻略支援のため、第二艦隊の指揮下に委ねられており、柱島には不在だった。

柱島泊地は静かであり、日常に変化はない。在泊艦艇では、乗組員が訓練に汗を流す日々を送っている。

一見しただけでは、日本が戦争に向かっているとは思えない。

それでも連合艦隊の参謀は、海軍省や軍令部がある東京に頻繁《ひんぱん》に出張し、各艦の通信室では、通信員がひっきりなしに舞い込む電文の解読や報告に追われている。

呉海軍工廠では、軍艦の建造が急がされ、ガントリー・クレーンの動作音やリベットを打ち込む音が、夜と昼の区別なく響いている。工廠の灯火は、日没から夜明けまで点灯したままだ。

上陸して、街に繰り出した各艦の乗員は、日本が戦時に向かっていることを実感する。

国民の戦意を煽《あお》るような戦時標語は、まださほど多くないが、呉でも、広島でも、陸軍兵士の姿を、ほとんど見かけないのだ。

広島に駐留する第五師団が、南方作戦に動員され、既に台湾に移動して、準備を整えているためだ。

連合艦隊の司令部幕僚も、第一艦隊各艦の乗員も、静かながら、開戦直前の緊張した空気の中で日々を過ごしていた。

一〇月三〇日夕刻、連合艦隊旗艦「長門」の長官公室に、一通の命令文書が届けられた。

「軍令部総長からであります」

参謀長福留繁少将は封書を捧《ささ》げ持ち、山本五十六連合艦隊司令長官に報告した。

手つきがうやうやしいのは、総長が皇族の伏見宮博恭元帥だからであろう。

山本は封書を受け取り、ペーパーナイフを用いて、丁寧に開封した。

文書を広げ、「来たか……とうとう」と呟いた。

「開戦の奉勅《ほうちょく》でありますか？」

「全員、聞いてくれ」

首席参謀黒島亀人大佐の問いに頷いて見せ、山本は長官公室に参集している全幕僚に呼びかけた。

全員が起立し、江田島で校長の訓示を聞く生徒のように、直立不動の姿勢を取った。

山本は、一語一語の意味を全員に理解させようとするかのように、ゆっくりと読み上げた。

「大海令第一号。昭和一四年一〇月三〇日。

奉勅、軍令部総長伏見宮博恭。

山本連合艦隊司令長官ニ命令。
一、帝国ハ自存自衛ノ為、並ビニ日独伊三国軍事同盟ノ盟約ニ従ヒ、英国仏国蘭国ニ対シ、開戦ノ已《ヤ》ムナキニ立チ至ル虞《オソ》レ大ナルニ鑑《ガンガ》ミ、一二月上旬ヲ期シ、諸般ノ作戦準備ヲ完成スルニ決ス。
二、連合艦隊司令長官ハ所要ノ作戦準備ヲ実施スベシ。
三、細項ニ関シテハ軍令部総長ヲシテ指示セシム」
航空参謀日高俊雄少佐は、通信参謀田村三郎中佐と艦隊主計長米花徳太郎《よねはなとくたろう》主計大佐の間に立ち、山本の声を聞いている。

山本が読み進むにつれ、長官公室の気温が下がってゆくように感じられた。

届けられた文書は、軍令部の正式な命令だ。

宮中《きゅうちゅう》の御前会議で、「帝国国策遂行要領」が定められ、日本の参戦が決まったに違いない。

欧州で始まった戦争が、極東に波及《はきゅう》しようとしている。

「聞いての通りだ。軍令部より、大本営海軍部命令の第一号が発せられた。我が国は一二月始めに、英仏蘭三国と開戦する」

山本は命令文を丁寧にたたみ、全員に言った。

特に、気負《きお》った様子はない。冷静に、事実だけを述べる口調だ。

山本自身、まだ日本が平時から戦時に移行しつつあるという実感が乏しいのかもしれない。

「言うまでもないが、これは準備命令だ。南方攻略に当たる各部隊は、既に台湾にて待機している。以後は、展開命令によって待機地点に進出し、開戦命令と同時に戦闘に入る」

「米国が、先制攻撃をかけて来る可能性はないでしょうか？　ルソン島北端の飛行場からであれば、高雄を攻撃可能ですが」

戦務参謀渡辺安次《わたなべやすじ》中佐の懸念に対し、作戦参謀佐薙毅《さなぎさだむ》中佐が答えた。

「米国は、最初の一発を自分からは撃とうとしない国です。まず相手に撃たせ、それに反撃するという形で、戦争に突入するのです。高雄の二、三艦隊や、待機している陸軍部隊が攻撃を受ける危険はないでしょう」

「私も、戦務参謀と同じことを危惧している。フィリピンの米軍は、我が方に最初の一発を撃たせるべく、挑発して来るのではないか、とな」

山本はそう前置きし、それまでにない厳しい口調で言った。

「その挑発に乗せられることは、まかりならぬ。英仏蘭との戦争はやむを得ないとしても、米国に参戦のきっかけを与えてはならぬのだ。万一、米国の参戦を招くことになれば、我が国は亡国の道をたどる。これだけは、断じて避けねばならない」

「既に二艦隊司令部と協議し、マレーに向かう際には、フィリピンから極力離れ、中国寄りの航路を取るよう伝えてあります」

航海参謀永田茂中佐が言った。

台湾から仏印への航路は、フィリピンの近くを通ることはないが、マレーに向かう航路は南シナ海の中央を通るため、米アジア艦隊の艦艇と遭遇する可能性がある。

不測の事態を避けるため、マレーに向かう場合には、西に大きく迂回《うかい》するよう、永田は第二艦隊司令部に伝えたのだ。

日高が、永田に続いて発言した。

「在比米軍は、航空機による挑発をかけて来る可能性があります。母艦航空隊の搭乗員、特に艦戦搭乗員には血気にはやる者が多く、米軍の挑発を受けた場合には、応戦する可能性が危惧されます。開戦前日までは、空母は艦上機の燃料を全て抜き、一切飛び立てないようにする、といった措置が必要です」

「航空参謀の言う通りだ。よく具申してくれた」

山本が、我が意を得たりとばかりに頷いた。

福留が、続けて言った。

「二、三艦隊に、開戦日を伝えなくてはなりません。私が航空参謀と共に高雄に飛び、二、三艦隊に直接指示を伝えたいと考えます」

7

一一月二九日夕刻、駐日本・アメリカ合衆国大使ジョセフ・グルーが、外務大臣有田八郎に、緊急の会見を申し入れた。

碩学《せきがく》の老学者を思わせる、理知的な風貌を持つグルーだが、この日はいつになく険《けわ》しい表情を浮かべていた。

「我が国の在フィリピン軍より報告が届きました。貴国の大規模な輸送船団が、中国領海南島《かいなんとう》の沖を、西南西に向かっているとのことです。報告によれば、輸送船だけではなく、巡洋艦や駆逐艦、航空母艦までが随伴《ずいはん》しているとか。これは、フランス領インドシナ、またはイギリス領マレー半島に対する攻撃を意図しているものと判断してよろしいですか？」

「現時点では、私の口からは明かせません」

有田は答えた。

腹の底では、海軍がしくじったか、と舌打《したう》ちしている。

永野修身海相は、

「攻略部隊が仏印やマレー半島に向かう際、フィリピンの米軍には発見されぬよう、細心《さいしん》の注意を払うよう、山本に伝えておく」

と約束したが、米軍の探知網をかわし切れなかったようだ。

「御回答いただけないのであれば、我が国は、貴国がフランス領かイギリス領への侵攻を企図《きと》していると判断せざるを得ません」

「どのように解釈しようと、それは貴国の自由です。ただ、私の立場上、現時点ではこれ以上のことは申し上げられないのです」

有田は、同じ答を繰り返した。

政府は大本営と協議した結果、開戦を一二月一日と定めている。

「我が国には、仏印進攻の意図はない」と答えたところで、二日後には虚偽《きょぎ》であることが明らかになる。

機密保持の義務を盾に取り、回答を拒否し続けた方が、まだしも誠意のある態度というものだ。

「私は、本国から訓令を受けております。貴国がイギリス、フランスと開戦することが明らかになった時点で、以下の制裁措置を執る旨、貴国政府に伝えるように、と」

グルーは、一通の封書を有田の前に置いた。

有田は書類を広げ、顔がこわばるのを感じた。

記載事項は、ごくシンプルだ。

米国の対日制裁措置として、「石油、屑鉄《くずてつ》等、全ての輸出品目の全面禁輸」「日米両国民の自由往来の禁止」が記されている。

米国は、物資の供給を止めることで、日本の戦争遂行能力を奪おうとしているのだ。

来るべきものが来た、と思う反面、予想通りだ、との考えもある。

六月三〇日、日独伊三国同盟の締結が世界に向けられ、て発表されるや、米国は厳しい対抗策を採った。

日本に三国同盟の即時破棄を要求し、容れられない場合、「日米通商航海条約の破棄」と「在米日本資産の凍結」を通告したのだ。

指定された回答期限までに日本が応じなかったため、米国は即座に通告を実行に移した。

英仏両国がこれに続き、オランダ、ベルギー、ノルウェー、デンマークといった国々も、米英仏に倣った。

「非難など、聞き流しておけばよろしい。どうせ口先だけです」

板垣征四郎陸相はそう放言し、平沼騏一郎首相も、有田も、その言葉を信じたが、欧米諸国は非難を口先だけに終わらせなかったのだ。

英仏両国の対独宣戦布告を境に、米国の外交攻勢は激しさを増した。

三国同盟の破棄に加えて、以前からの懸案事項だった「満州国の門戸開放、もしくは同国の解体と中国への返還」をも強く要求したが、日本が応じることはなく、外交交渉は堂々巡《どうどうめぐ》りを繰り返すばかりだった。

日本が参戦した場合、米国が対日禁輸に踏み切るであろうことは、政府も大本営も想定していた。

英仏を攻撃するための資源を、米国が日本に売る道理がない。

「今なら引き返せます、ミスター・アリタ」

有田の思惑《おもわく》を知ってか知らずか、グルーは熱意を込めて言った。

「どうか、道を誤らないでいただきたい。無益《むえき》な武力行使は断念し、ドイツやイタリアのような悪友とは手を切っていただきたい。貴国が不戦の姿勢を貫き、三国同盟を破棄すれば、合衆国は禁輸措置を撤回します。通商航海条約もすぐに復活させますし、資産の凍結も解除します。徳川幕府《トクガワ・ショーグネイト》が開国に踏み切って以来、常に貴国の味方であり、友好国であり続けた合衆国の、心からの忠告であり、願いです。

合衆国だけではない。ジョセフ・グルー個人としても、心から訴えたい。自らの過ちを認め、引き返すことこそが真の勇気なのです、と」

「我が国への御厚意には感謝しておりますが、我が国は、ドイツ、イタリア両国を悪友などとは考えておりません」

有田は、努めて感情を抑えながら言った。

グルーは情に訴えようとしているが、外交官が情に流されるわけにはいかない。

外交交渉に不可欠なのは、冷静さと論理性だ。

「ドイツの野望は、留まるところを知りません。オーストリア、チェコスロバキアに続いて、今またポーランドを侵略し、西半分を手中に収めたのです。イタリアも、エチオピア、アルバニアの併合と、ドイツと歩調を合わせるように領土を拡大した実績があります。イタリアの統領《ドゥーチェ》ベニト・ムッソリーニは、地中海を『マーレ・ノストラム』、英語では『我らの海《アワ・シー》』と呼び、地中海を内海化する野望を隠そうともしていません。両国は、ヨーロッパを分割支配するつもりなのです。このような国と同盟を結んでいれば、貴国も同類と見なされますぞ」

「我が国の事情をご理解いただきたい、ミスター・グルー」

有田は机上《きじょう》の地球儀《ちきゅうぎ》を回し、グルーの前に、日本を含む東アジアを持って来た。

「我が国はソ連との距離が極めて近く、恒常的に圧力にさらされています。樺太《からふと》、朝鮮半島では直接国境を接し、満州国を介しての接触もあります。昨年七月には満州の南東部で、今年五月には満州北西部で、それぞれ武力衝突が起こりました。ソ連の動きを牽制するためには、ヨーロッパに強力な同盟国が必要なのです。西からソ連を牽制できる国は、その位置、及び国力から考えて、ドイツ以外にはありません。『ソ連を牽制できること』こそが最も重要な事柄であり、ドイツ、イタリア両国の国家体制は二義的な問題なのです」

「失礼ながら、貴官のお言葉と日本政府の実際の行動には、大きな矛盾《むじゅん》があるようですな。貴国とドイツ、イタリアがソ連と不可侵条約を結んだ件については、どのように説明されるのです？　貴官の説明によれば、三国同盟はソ連を対象としたものであるはずです。そのソ連が条約によって中立化した以上、同盟の意義は消滅するのではありませんか？」

「独伊と同盟したおかげで、ソ連との不可侵条約について、交渉が可能となったのです」

日本がソ連と単独で不可侵条約を締結しようとしても、ソ連側は交渉に応じようとしないか、足下《あしもと》を見て法外《ほうがい》な条件をふっかけて来る可能性が高い。ドイツ、イタリアにも同様のことが言える。

三国同盟が成立し、共同歩調を取ったからこそ、ソ連も交渉のテーブルに付いたのです——と、有田は説明した。

「ソ連と不可侵条約を結びたいのでしたら、我が国に御依頼いただければよかった。喜んで、仲介《ちゅうかい》の労を執りましたのに」

グルーは、大きくため息をついた。

一九〇五年に日露戦役が終結したとき、合衆国がロシアとの講和を仲介し、ポーツマス条約の締結にこぎつけたことをお忘れか、と言いたげだった。

「その交換条件として、満州の門戸開放を要求されるおつもりだったのでは？」

「それは、ただというわけには行きませんからな。合衆国は、慈善《じぜん》事業家ではありません」

苦笑しながら、グルーは言った。

「国防のことを考えれば、満州の門戸開放に同意された方が賢明だったのではありませんか？　合衆国の資本が満州に入れば、ソ連も同地に手を出せなくなりますぞ」

「日露戦役で南満州鉄道の利権を獲得して以来、我が国は満州に巨額の資本を投下し、社会資本の整備を行って来ました。そのような地を、外国の資本に開放することはできません」

有田はかぶりを振った。

グルーは、数秒間思案した後に言葉を続けた。

「三国同盟は貴国にとって、対ソ戦争の抑止力となった。これは、認めざるを得ないでしょう。しかし、その代償として、貴国はヨーロッパの戦争に巻き込まれた。イギリス、フランスとの戦争は、貴国には必要がなかったのではありませんか？」

「我が国には、盟約を守るという大義《たいぎ》があります」

胸を張って、有田は答えた。

日本には、もう一つの大義がある。

南方地域の諸民族を、欧州列強の植民地支配から解放し、東亜《とうあ》の新秩序を建設するという大義だ。

だが、今はそのことを話すわけにはいかない。

米国もまた、アジアに植民地を持つ国家であり、英仏蘭と共通する利害を持つ。

「諸民族の解放」という言葉を用いれば、いたずらに米国を刺激すると考えたのだ。

米国に、参戦の口実を与えてはならない。

「言葉を飾っておられるようだが、貴国の狙いは、イギリス、フランスが極東に保有する植民地の奪取《だっしゅ》でしょう。貴国が、ヨーロッパに派兵するとは思えない。先の世界大戦において、ドイツから青島《チンタオ》や南洋諸島を奪ったのと同様、今度はフランス領インドシナやマレー半島を奪うおつもりですか？」

グルーの眼光が、鋭さを増したように感じられた。

火事場泥棒《どろぼう》は許さぬ――そう言いたげだった。

「我が国に、そのような意図はありません。我が国は、盟約に忠実に行動するだけです。盟邦がどのような国であれ、条約は条約ですから」

「これは合衆国の大使ではなく、ジョセフ・グルー個人としての言葉ですが――」

そう前置きして、グルーは続けた。

「私は日本が好きなのです、ミスター・アリタ。在日本大使館に着任して以来、周囲の日本人は、私にも、私の家族にも親切に接してくれました。最初は下心《したごころ》があってのことかと思いましたが、やがて、彼らは客人をもてなすのが心から好きなのだと納得するようになりました。それだけではありません。日本の絵画や独自の楽器で演奏される和楽、日本独自の演劇である歌舞伎《カブキ》にも魅せられました。その日本が、道を誤ってゆくことが、私には耐えられないのです。今一度、お考え直しいただけませんか？」

「大使閣下の御言葉は、一人の日本人として拝聴《はいちょう》します。ですが、私は日本の外相であり、政府が定めた方針に従って動かねばなりません。大使閣下が、個人としては我が国を愛して下さっても、立場上は合衆国の国益を第一に考えねばならないように」

「……致し方がありませんな」

グルーは大きくため息をつき、立ち上がった。

外交交渉だけでは、日本に戦争を断念させることも、独伊との同盟を放棄させることもできない。

外交官として、自身の敗北を悟ったようだった。

「貴国に対する禁輸政策と自由往来の禁止は、今日にでも発動されることになるでしょう」

8

輸送船の群れは、白波を蹴立《けた》てながら海岸に接近した。

沖合の旗艦から発光信号が送られ、各船が一斉に面舵《おもかじ》を切った。

海岸に左舷側を向けたところで逆進がかけられ、船尾付近の海面が泡立つ。

停止した船からは、大型発動機艇《おおがたはつどうきてい》、小型発動機艇が、クレーンによって海面に下ろされる。

「乗艇！」の号令一下、完全装備に身を固めた歩兵が、輸送船から大発《だいはつ》、小発《しょうはつ》に次々と乗り移ってゆく。

月はこの前日、一一月三〇日の二二時三七分（現地時間二〇時三七分）に、東の空に姿を見せている。

月齢は一九。満月にやや欠ける程度であり、海面には柔らかく、青白《あおじろ》い光が投げかけられていた。

大発の中には、歩兵の他、九五式軽戦車、九四式軽装甲車、九四式三七ミリ速射砲、九二式歩兵砲等を搭載しているものが少なくない。

それらの中に、楔《くさび》形の砲塔を持つ戦車を搭載している艇がある。

砲塔の左に直径二〇ミリの機関砲を、右に七・九ミリの機関銃をそれぞれ装備した姿は、二刀流の剣士を思わせるいでたちだ。

八九式、九七式といった日本陸軍の戦車とは大きく異なる形状であり、洗練を感じさせる。

二号戦車C型。

オーストリア、チェコスロバキアへの進駐時や、ポーランド進攻時に活躍したドイツ軍の主力戦車だ。

参戦の見返りとして日本に供与《きょうよ》され、シベリア鉄道によって欧州からはるばる運ばれた戦車が、日本陸軍の兵士や日本製兵器と共に、フランス領インドシナに上陸しようとしていた。

「これが上陸作戦か」

二号戦車と共に、大発に乗り組んでいるドイツ陸軍の連絡将校ヨーゼフ・シュランツ少佐は、艇の動きに身を任せながら呟いた。

海を渡っての上陸作戦を経験するのは初めてだ。

シュランツに限らず、ドイツ陸軍の将兵にも、渡河《とか》作戦の経験はあっても、渡洋《とよう》上陸を経験した者はいない。

直近《ちょっきん》の戦闘であるポーランド攻撃は、陸続きの国への進攻作戦だったし、先の大戦でも、ドイツ軍が渡洋進攻を行ったことはなかったからだ。

「もう引き返せませんよ」

シュランツに付き従っている、日本陸軍の梶本久志《かじもとひさし》中尉が言った。「連絡将校付」という肩書きで、シュランツに付けられた士官だ。

「命じられた以上、身体を張って貴官を守るつもりですが、生還は保証できません。できることなら船上で待機していただきたかった」

「日本軍に同行するだけではなく、必要に応じて支援せよというのが、私が受けている命令だ。危険は承知の上だ」

シュランツは応えた。

「日本軍の支援」はシュランツにとり、二義的な任務だ。最も重要な任務は、渡洋進攻作戦を自分の目で見、精細な報告をドイツ本国に送ることにある。

イギリスがドイツに宣戦を布告した以上、場合によっては、イギリス本土への渡洋進攻も視野に入れねばならないためだ。

前方の海面から発光信号が送られ、機関の始動音が響いた。

二号戦車と日本軍の兵士、ドイツ軍の連絡将校を乗せた大発が、ゆっくりと夜の海面を進み始めた。

シュランツは、戦車の陰から頭を突き出し、海岸を見つめた。

灯火管制下にあるのだろう、地上に光は全く見当たらない。見えるのは、無数の星々を背にした陸地の稜線《りょうせん》だけだ。

予想された陸地からの反撃はなかった。

大発、小発は、一隻も沈むことなく、次々と砂浜に乗り上げた。

シュランツらを乗せた大発が到着したとき、既に多数の兵が上陸しており、九五式軽戦車、九四式軽装甲車といった戦闘車輛《しゃりょう》も展開を始めていた。

上陸地点はダナン。

フランス領インドシナの東岸にある港町の、南方にある海岸だ。

平坦な砂浜が広がっているため、大部隊の上陸に適している。

日本軍は、仏印への進攻に際し、ダナンと、その北西一三〇キロの地点に位置するクアンチを上陸地点に選んでいた。

大発の門扉《もんぴ》が開き、前部に乗っていた兵が浜に降り立つ。

二号戦車が、続けて動き始めた。

シュランツの位置からでは見えないが、車体前面には日本の文字が書いてある。

日本陸軍 二号戦車 C 型

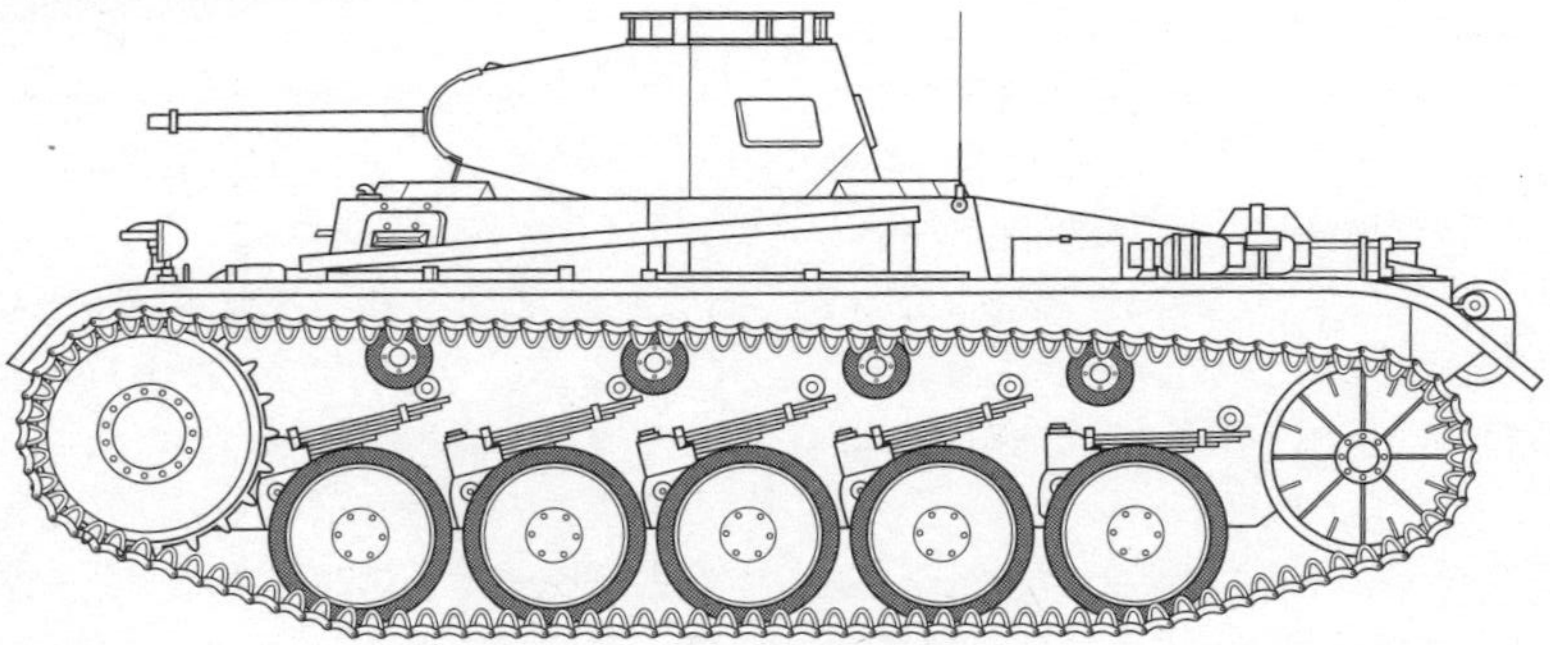

全長	4.8m
全幅	2.2m
戦闘重量	8.9 トン
発動機	マイバッハ HL62TR 140馬力
最大速度	40km/時
兵装	20mm 55口径 機関砲×1門 7.92mm機銃×1丁
乗員数	3名

ドイツが開発した軽戦車。1937年7月に本格的な生産に入っている。ドイツ陸軍上層部は、次の大戦における主力は、本車の後継である三号戦車を想定していたが、予想よりも早く戦端が開かれたことにより、欧州での戦闘では主力として活躍している。一方で、対戦車戦には、装甲、砲火力ともに不充分なことも指摘されている。

日本へは三国同盟締結に伴う相互軍事協力の一環として供与され、運用面も含めての技術移転が行われている。日本陸軍では本車を元にした、独自の火力強化案を推進している。

梶本中尉の説明によれば、一九三四年に制作された記録映画「意志の勝利《トライアムフ・デス・ヴィーレンス》」の題と同じ意味を、一文字で表現しているとのことだった。

二号戦車のエンジン音に混じって、敵弾の飛翔音がシュランツの耳に届いた。

「テキシュウ！」の叫びが上がり、次いで「フセロ！」の命令が走った。シュランツが日本に来る前、シベリア鉄道の列車の中で覚えた日本の軍事用語の中にある命令だった。

「日本も、我がドイツと同じ道に踏み込んだ」

シュランツは独りごちた。

本国から持ち込んだ腕時計は、日本時間に合わせてある。

一九三九年一二月一日〇時二八分。

日本軍はフランス領インドシナにおいて、フランス軍との交戦状態に入った。

日本は、ドイツと手を携えて共通の敵に立ち向かう「戦友」となったのだ。

兵士たちは、次々と砂浜に身を投げ出している。

飛翔音が急速に迫り、その音が消えると同時に、複数箇所で爆発が起こり、大量の砂が舞い上がる。

爆発の規模は、それほど大きくない。フランス軍は土手を楯《たて》にして、軽迫撃砲を撃っているのだ。

迫撃砲による砲撃は、なおも繰り返される。

砲弾は、次々と砂浜に落下し、舞い上がった砂や弾片が、伏せている兵士の頭上や背中の上に降り注ぐ。

時折《ときおり》、至近弾を受けたのか、短い絶鳴《ぜつめい》の声が響く。

海岸の複数箇所から、日本語の号令に続いて、鋭い発射音が聞こえた。

若干の間を置いて、土手の上から、青白い光が降り注ぎ始めた。

迫撃砲小隊が、照明弾《しょうめいだん》を発射したのだ。

それに合わせたかのように、後方から爆音が近づき、大発、小発や、伏せている兵の真上を通過した。

十数秒後、新たな光源が出現した。

日本海軍の水上機が投下した吊光弾《ちょうこうだん》だ。

「センシャマエへ！」

新たな日本語の命令が、シュランツの耳に届いた。

二号戦車の扱い方を日本兵に教えるとき、何度となく聞かされ、すっかり馴染んだ日本語だ。

ドイツ語の「戦車、前へ《パンツァー・フォー》」を意味する命令だった。

二号戦車が速力を上げる。

履帯《りたい》を高速で回転させ、大発の艇首から砂浜に降り立ち、砂煙を巻き上げながら突進する。

シュランツと共に運ばれて来た車輌だけではない。

海岸には、多数の二号戦車が突進してゆく様子が見える。

事前情報によれば、日本軍はダナンへの上陸に、二号戦車一六輌を投入するということだ。

その全車が前面に立ち、フランス軍の防御陣地に向かっている。

土手のあたりに発射炎が閃き、真っ赤な火箭が殺《さっ》到《とう》して来る。

二号戦車の車体や砲塔正面に直撃したと思われるが、停止する車輌はない。吊光弾の青白い光の下、ポーランド軍を蹂躙《じゅうりん》した実績を持つドイツ製の戦車が、防御陣地との距離を詰めてゆく。

二号戦車が、次々と停止した。

腹の底にこたえるような連射音が、浜辺に届いた。

二号戦車が、二〇ミリ機関砲を撃ち始めたのだ。

このときには、日本軍の歩兵部隊も態勢を立て直し、フランス軍の防御陣地目がけ、迫撃砲を発射している。

防御陣地の正面からは、二号戦車の二〇ミリ弾が襲い、頭上からは迫撃砲弾が降り注ぐ。

フランス軍の反撃は、次第にか細くなってゆく。

「戦車や対戦車砲はなさそうだな」

戦闘の様子を見守りながら、シュランツは呟いた。

二号戦車は、戦車としては火力が小さく、防御装甲も薄い。対戦車砲の反撃を受けたら、撃破される可能性が高いが、どうやらダナンには、二号戦車に対抗できる戦車や火器はなかったようだ。

「少佐殿、成功です！」

「我がドイツが供与した二号戦車も、早速威力を発《はっ》揮《き》したようだな」

興奮した梶本の声に、シュランツは頷いて見せた。

（この艇は、ヨーロッパで使うには難《なん》があるな）

シュランツは、腹の底で呟いた。

ドイツは航空機用のエンジン、火砲、レーダー、無線機等の技術を日本に供与する旨、協定を結んでいるが、日本に対しても、ドイツが持たない兵器や技術の供与を求めている。

大発、小発も、その一つだ。

これらを利用すれば、フランスのカレーやダンケルクあたりから、直接イギリス本土に陸軍部隊を送り込むことができる。

問題は、積載量の不足だ。

大発の積載力は最大一一トン。

全備重量八・九トンの二号戦車や、七・八トンの装甲兵員輸送車であれば輸送できるが、重量一九・五トンの三号戦車や一九トンの四号戦車C型は、大発では輸送できない。

ただ、大発、小発は、構造はさほど複雑ではない。ドイツの技術をもってすれば、より大きな積載力を持つ改良型の開発も可能なはずだ。

本国への報告書には、「大発は、対イギリス戦に有用。ただし、積載力の大きな改良型を開発する必要有り」と記しておくべきだろう。

シュランツは、上陸前に見た光景——日本軍の兵士や二号戦車を載せた大発、小発が、ダナンの海岸に殺到する様を思い出した。

三号戦車や四号戦車を載せた改良型の大発が多数、ドーバー海峡《かいきょう》を埋め尽くし、イギリス本土に殺到する光景が、それに重なった。

第三章　インド洋の「ネルソン」

1

昭和一五年七月一四日未明、日本帝国海軍第一艦隊は、セイロン島の南方海上にいた。

行政の中心地であるコロンボよりの方位一八〇度、一四〇浬の海域だ。

この日の主役は、第一、第二両航空戦隊が務める。空母四隻の艦上機で、南西岸のコロンボと北東岸のトリンコマリーに航空攻撃をかけ、飛行場を破壊するのだ。

一航戦の空母「赤城」「加賀」の飛行甲板には、既に第一次攻撃隊の参加機が敷き並べられ、暖機運転のエンジン音が周囲の海面を騒がしていた。

時刻は九時二七分（現地時間五時五七分）。

東の空はしらみかけているが、周囲はまだ暗い。

第一艦隊の戦艦、重巡も、二隻の空母も、その護衛に当たる第一九駆逐隊の吹雪《ふぶき》型駆逐艦も、ぼんやりと浮かび上がっているだけだ。

連合艦隊旗艦「長門」の戦闘艦橋にも、暖機運転の爆音が伝わっていた。

「インド攻略の第一歩ですな。GFの参謀長に任じられたときには、このようなところで戦うとは思いもよりませんでしたが」

「うむ」

語りかけた福留繁参謀長に、山本五十六司令長官は、ごく短く返答した。

長官に就任したときは中将だったが、日本の参戦前に大将に昇進している。

幕僚たちの末席《まっせき》に控える日高俊雄航空参謀には、山本の顔が一瞬、苦衷《くちゅう》に歪《ゆが》んだように見えた。

できることなら、英軍とはやりたくなかった。自分は何故、開戦を止められず、自ら連合艦隊を率いて英軍と戦う立場になったのか——そんな思いを感じさせた。

山本が表情を引き締め、指揮官の顔に戻った。

「一、二両航戦より報告は？」

「現在のところはありません」

「いいだろう。全て予定通りだ。GF司令部から、改めて指示することはない」

田村三郎通信参謀の返答を聞いて、山本はゆっくりと頷いた。

何も、不安は感じていないような態度だ。

戦争そのものは不本意《ふほんい》だが、開戦後の七ヶ月半、順調に作戦展開を進めて来たことで、実戦部隊の指揮官として、自信を付けたのかもしれない。

（これまでは順風満帆《じゅんぷうまんぱん》だったからな、我が国も、ドイツも）

腹の底で、日高は呟いた。

欧州の戦争に巻き込まれる形で、英仏蘭三国との戦争に踏み切った日本だが、開戦以来の作戦展開は順調と言っていい。

最初の攻略目標となった仏印では、一部に激しい抵抗があったものの、フランス軍の戦意は全般に低く、昭和一五年一月一八日には行政の中心地であるハノイが陥落し、フランスの総督府《そうとくふ》は降伏を申し入れた。

仏印に駐屯《ちゅうとん》するフランス軍は、植民地の警備を主任務とする軽装備の部隊であり、戦車や重火器は少ない。

正規の陸軍部隊三個師団を投入した上、艦砲や航空機の支援もある日本軍の敵ではなかったのだ。

仏印を陥落させた日本軍は、南部のサイゴン、ツドウム、ソクトランの飛行場に基地航空部隊を進出させると共に、マレー半島東岸のコタバルに三個師団から成る第二五軍を上陸させ、マレー半島、シンガポールの攻略にとりかかった。

大本営は、マレーを守る英軍はフランス軍より手強《ごわ》いと睨んでいたが、第二五軍は快進撃を続け、三月二四日までにシンガポールを陥落させた。

シンガポール占領後、日本軍は矛先を蘭印と英国領ビルマに向け、前者を五月一日までに、後者を六月六日までに制圧した。

　南方攻略作戦が終了したとき、英領ビルマから蘭領東インドに至るまでの英仏蘭の植民地全てが、日本の占領下に入った。

　日本が最も重要視していたスマトラ、ボルネオの油田地帯も、製油所も、無傷で手に入れている。

　米国は対日全面禁輸に踏み切ったが、日本は南方資源地帯を手に入れることで、米国の制裁措置を無効化したのだ。

　この間、欧州でも戦局は大きく動いている。

　盟邦ドイツは、今年四月より西方に対する進攻作戦に踏み切り、五月半ばまでにデンマーク、ノルウェー、ルクセンブルク、オランダ、ベルギーを制圧した。

　五月末からは、フランス本土への進攻が始まった。

　装甲部隊を前面に押し立てたドイツ軍の快進撃の前に、フランス軍、イギリスの大陸派遣軍は敗北を重ね、フランスは六月二二日に降伏した。

　コンピエーニュの森で行われたフランスの降伏調印式には駐独日本大使も招かれ、ナチス・ドイツ総統アドルフ・ヒトラーと共に文書に署名した。

　ヒトラーは来栖三郎駐独大使に、

「日本は我がドイツに対し、充分な側面援護を行ってくれた。日本によるアジアのイギリス領、フランス領攻略は、イギリス、フランス両国の兵力を拘束《こうそく》する役割を果たしたのだ。日本の貢献《こうけん》が、イギリス軍、フランス軍の崩壊を早めたことは疑いない。日本は、勝利の陰の功労者であり、我がドイツの真の友である」

　と語ったと伝えられる。

　フランスの崩壊が決定的となった時点で、大本営は既に次の攻略目標をインドに定め、作戦計画の検討に入っていた。

　当初は、ビルマを占領した第一五軍を西進させ、陸伝《りくづた》いにインドを攻略する作戦が考えられた。

　だが、ビルマとインドの間にはアラカン山脈が横たわり、軍の移動を阻んでいる。戦車、火砲等の重装備は運べず、補給も困難だ。

このため、陸路による進攻計画は放棄され、海路からの進攻が選ばれた。

最初にセイロン島を攻略して飛行場を確保し、基地航空隊を進出させる。

南インドにおける英国空軍部隊に対して、航空撃《げき》滅《めつ》戦を実施し、制空権《せいくうけん》を奪取した上で、インド南東部のマドラスに陸軍部隊が上陸するのだ。

作戦には第一艦隊の他、南方進攻作戦の主力となった第二艦隊が参加する。

先のシンガポール攻略戦では、英国東洋艦隊は優勢な日本艦隊との決戦を避け、いち早く後方へと避《ひ》退《たい》したが、インドの重要性は英国にとり、シンガポールのそれより遥かに高い。

また、英軍は在比米軍より、日本軍の動きを知らされている可能性が高い。

第一艦隊は、南シナ海における米軍機の触接をやり過ごしたが、シンガポールで第二艦隊と合流した後、マラッカ海峡の出口まで、米国のものと思われる潜水艦《せんすいかん》につきまとわれたのだ。

「長門」の通信室は、米艦から発せられたと思われる電波を複数回傍受《ぼうじゅ》している。

日本艦隊の陣容は、英軍に細大《さいだい》漏《も》らさず伝えられていると見て間違いない。

英国がインド防衛のため、強力な海軍部隊を送り込んで来る可能性は充分考えられる。

今度は、これまでのようには行かない。大規模な戦闘が生起し、我が軍も大きな損害を受ける可能性がある——日高は、そんな予感を覚えていた。

「夜明けです」

永田茂航海参謀の声が、日高の思考を中断させた。

時刻は九時三六分。現地時間の六時六分だ。

空の色が薄闇《うすやみ》から紫紺《しこん》、目の覚めるような青へとめまぐるしく変わり、艦隊の周囲が見る間に明るくなってゆく。

内地の夜明けとは、まるで違う。夜から朝への移行が、非常に早い。

低緯度地方に特有の夜明けだった。

「『赤城』『加賀』、風上に向かいます！」

見張り員が、興奮した声で報告した。

一航戦の二隻の空母が、大きく艦首を振っている。攻撃隊が、セイロン島に向けて飛び立とうとしているのだ。

2

「搭乗員整列！」

「赤城」「加賀」の飛行甲板に、号令が走った。

「一番槍は、二航戦の連中が付けることになるか」

空母「加賀」の戦闘機隊で、第一中隊の第二小隊長を務める結城《ゆうき》学《まなぶ》中尉は、列に並びながら呟いた。

作戦計画では、一航戦がコロンボを、第二艦隊隷下の二航戦がトリンコマリーを、それぞれ叩くことになっている。

トリンコマリーの方が東に位置しているため、出撃も、攻撃の開始時刻も、一航戦より先になる。

二航戦の攻撃隊は、既にトリンコマリーに向かって進撃を開始しているかもしれない。

「加賀」艦長岡田《おかだ》次作《じさく》大佐が、令達台《れいたつだい》に立った。

「加賀」は、日本が参戦する一ヶ月前まで予備艦となっていたが、南方作戦には海軍が保有する全空母が必要と判断されたため、急遽《きゅうきょ》現役《げんえき》に戻されたのだ。

「出撃に当たり、一点だけ注意を与える。セイロン島はインドの表玄関《おもてげんかん》であり、英国がアジアに持つ植民地の中でも、特に重要な場所だ。敵戦闘機による迎撃、対空砲火とも、熾烈《しれつ》になるものと予想される。艦戦隊は、極力艦攻隊を援護し、一機たりとも墜《お》とさせないとの気構えでやって貰いたい。以上だ」

艦戦隊の搭乗員が顎《あご》を引き締めた。

一航戦は南方進攻作戦にも参加し、敵飛行場や上陸地点の防御陣地に対する攻撃を行ったが、手応《てごた》えのある敵はいなかった。

迎撃戦闘機は全く上がって来ないか、出撃して来ても旧式の機体が多く、艦戦隊の敵ではなかった。

だがセイロン島では、強力な敵機の存在が予想される。

「スピットファイアかハリケーンが出て来るかもしれんな」

「加賀」艦戦隊の隊長を務める鷺坂高道《さぎさかたかみち》大尉の呟きが、結城の耳に届いた。

どちらも、英国の主力戦闘機だ。

欧州の戦局は英本土上空の航空戦に移っているが、ドイツ空軍を相手に一歩も退《ひ》かず、互角《ごかく》以上の戦いを繰り広げていると伝えられる。

日本海軍の戦闘機乗りには未知の機体だ。

「お手合《てあ》わせと行きますか」

鷺坂の二番機を務める真田五郎《さなだごろう》航空兵曹長が笑いの混じった声で言った。


「敬礼！」

号令がかかり、全員が直立不動の姿勢を取って敬礼した。岡田が答礼を返すや、

「かかれ！」

が下令され、九九名の搭乗員が踵《きびす》を返した。

飛行甲板上を走り、各々の機体に乗り込む。

「赤城」「加賀」とも、出撃機数は艦上戦闘機一八機、艦上攻撃機二七機だ。

艦戦隊の装備機は、九六式艦上戦闘機。見るからに軽快そうな、固定脚の戦闘機だ。

最大時速は四三〇キロ。盟邦ドイツの主力戦闘機メッサーシュミットＢｆ１０９には劣るものの、運動性の高さは比類《ひるい》がない。

南方進攻作戦では、フランス軍のモラン・ソルニエＭＳ４０６や英軍のグロスター・グラジエーターを片端から撃墜し、実力を証明している。

全長七・六メートル、全幅一一メートルと小さいため、空母には多数を搭載できることも強みの一つ

だ。今回の作戦では、「加賀」は三六機、「赤城」は二七機を搭載している。

攻撃の主力となる九七式艦上攻撃機は、三年前に制式採用された三座の艦攻で、雷撃、水平爆撃を主任務とする。セイロン島への攻撃では、各機が二五番（二五〇キロ爆弾）二発ずつを胴体下に提《さ》げていた。

「風に立て！」が下令されたのだろう、「加賀」が艦首を左に振った。

艦首の吹き出し口から流れる水蒸気が軸線《じくせん》に沿って流れ、艦が風上に艦首を向けたことを示した。

発着鑑指揮所に陣取る飛行長が、大きく旗を振り、「発艦始め」の合図《あいず》を送る。

鷺坂の九六艦戦がエンジン・スロットルをフルに開き、真っ先に滑走を始める。

機首に装備する中島「寿《ことぶき》」四一型空冷九気筒エンジンは、離昇出力七一〇馬力とやや非力《ひりき》だが、機体の全備重量が一・七トンと軽いため、動きは軽やかだ。

飛行甲板の前縁《ぜんえん》に達すると同時に、着陸脚が艦から離れ、機体が上昇を開始する。

一小隊の二番機、三番機が続き、結城の番が回って来る。

整備員が輪止《わど》めを払うと同時に、結城はエンジン・スロットルをフルに開いた。

九六艦戦の機体が滑走を始め、帽振れで見送る整備員、兵器員や右舷側に屹立する艦橋が流れ去った。

機体が浮かび上がり、噴出口から流れる水蒸気や飛行甲板の前縁が視界の外に消える。

後方を振り返ると、第二小隊の二、三番機——高《たか》峯春夫《みねはるお》一等航空兵曹と町田茂《まちだしげる》三等航空兵曹の乗機が、結城機を追って上昇して来る様が見える。

約三分半を費やして、高度三〇〇〇メートルまで上昇し、旋回待機に入る。

海面を見下ろすと、結城たちの母艦「加賀」と一航戦旗艦「赤城」の飛行甲板から、次々と攻撃隊が発進する様子が見えた。

およそ三〇分後、一航戦の攻撃隊九〇機は編隊形を整え、高度三〇〇〇メートル上空に爆音を轟かせながら進撃を開始した。

九七艦攻の爆音は、九六艦戦のそれより力強い。同機が装備するエンジンは、「寿」と同じ中島飛行機製だが、一〇〇〇馬力の離昇出力を持つ「栄」一一型空冷一二気筒エンジンだ。

九六艦戦の後継機となる零式艦上戦闘機、略称「零戦」も、この「栄」一一型と同系列のエンジンを装備しているが、制式採用されたばかりであるため、まだ前線には姿を見せていなかった。

三〇分余り飛行したところで、陸地——セイロン島の南岸が視界に入る。

第一次攻撃隊の総指揮官を務める「赤城」飛行隊長兼艦攻隊長淵田美津雄《ふちだみつお》少佐の艦攻が、左の水平旋回をかける。

全機が淵田機に付き従い、北上を開始する。

セイロン島の西岸に沿って飛行し、コロンボを目指すのだ。

右方に目をやると、緑に覆《おお》われた大地が彼方《かなた》まで続いている様が見える。

仏印や蘭印もそうだったが、樹木の密度が内地より高く、緑の色合いも濃い。低緯度地方の恵まれた陽光に育まれた密林だ。

北上するにつれ、建造物の数が増え始める。

市街地と港湾が、視界に入って来る。

目標のコロンボに到達したようだ。

(敵機はいないか?)

結城が周囲を見渡したとき、鷺坂の九六艦戦がバンクした。

機首を上向け、上昇を開始した。

結城は、前上方を見た。

一群の機影が押し被さるようにして、攻撃隊との距離を詰めて来る。

機数は約二〇機。味方の方が優勢だ。

「出やがったか!」

結城は一声叫ぶや、操縦桿を手前に引き、エンジン・スロットルをフルに開いた。

中島「寿」四一型エンジンが咆哮《ほうこう》を上げ、機体が上昇を開始する。高峯機、町田機も、追随して来る。

第二中隊の九機は、定位置を保っている。

艦攻隊から離れず、直掩《ちょくえん》に徹するのだ。第一中隊が敵機を阻止できなければ、二中隊が艦攻隊を守る最後の盾になる。

「赤城」の艦戦隊も、第二中隊を直掩に残し、一中隊の九機が上昇を開始している。

この直前まで、艦攻隊と共に巡航速度で飛行していた九六艦戦の編隊は、上昇しつつ敵機との距離を詰めてゆく。

「スピットか？　ハリケーンか？」

結城は上昇しつつ、敵機を見据えた。

どちらでもないことは、すぐに分かった。

スピットファイアもハリケーンも液冷エンジン機であり、狐《きつね》のように尖《とが》った鼻面《はなづら》を持つが、目の前の敵機は太い機首を持つ空冷エンジン機だ。

太いのは、機首だけではない。

胴体全体が太く、寸詰《すんづ》まりの印象を受ける。金槌《かなづち》の頭に、翼を付けたような機体だ。

形状と機名は、外国機の識別表で、しっかりと頭の中に叩き込んである。

ブリュースターF2A〝バッファロー〟。米国製の戦闘機だ。

米国から英国に供与された機体であろう。

英国空軍は、スピットファイアやハリケーンは本国の防衛に回し、植民地の防衛には供与機を用いる方針なのかもしれない。

先に発砲したのは英軍だった。

編隊の前方に展開する数機が、機首と両翼の前縁に発射炎を閃かせ、細く長い火箭が噴き延びた。

敵弾が殺到して来たときには、九六艦戦はそこにはいない。

鷺坂の第一小隊三機は左に旋回し、結城の二小隊

日本海軍 九六式艦上戦闘機

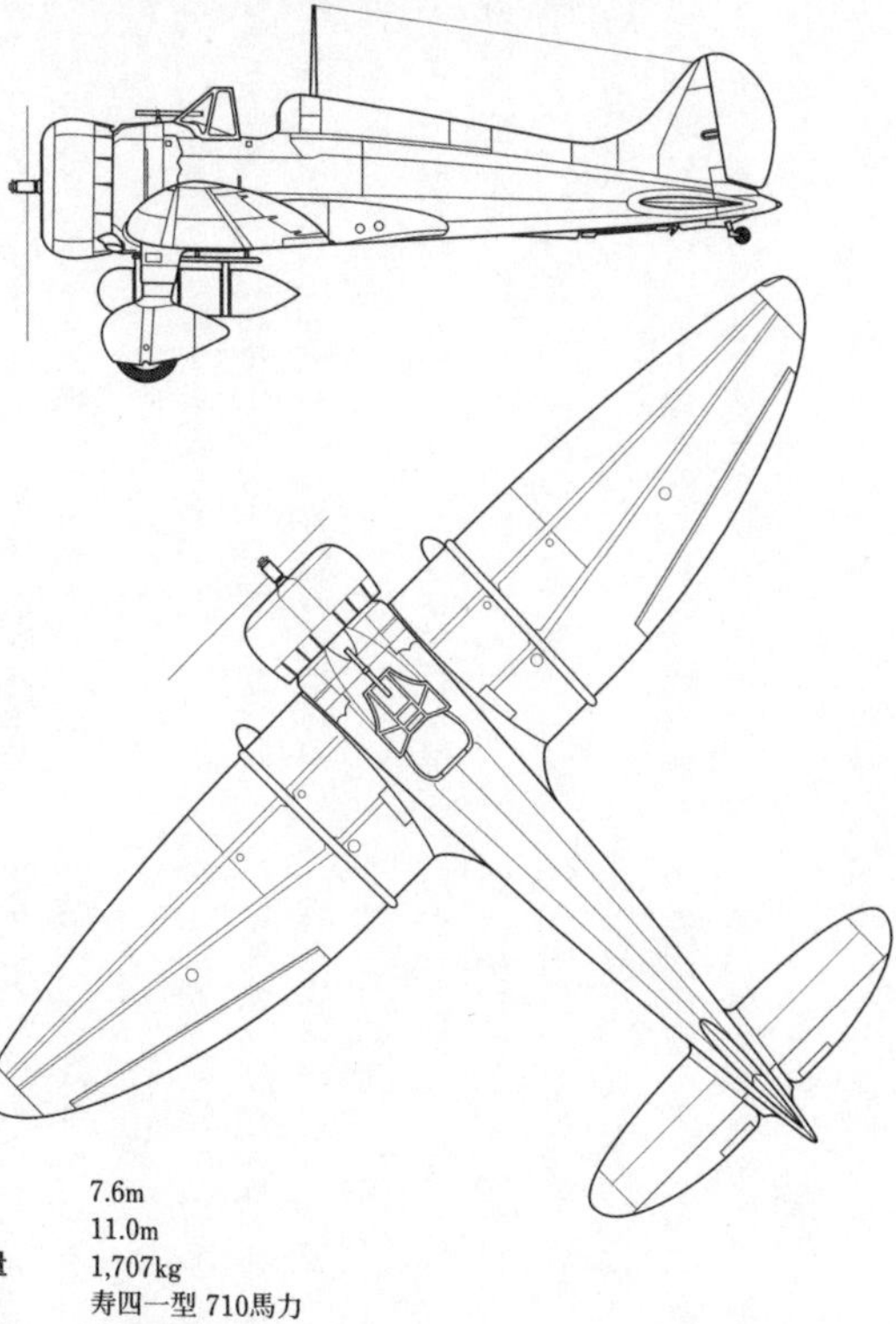

全長	7.6m
翼幅	11.0m
全備重量	1,707kg
発動機	寿四一型 710馬力
最大速度	430km/時
兵装	7.7mm機銃×2丁(機首固定)
	30kg爆弾×2
乗員数	1名

三菱が開発した日本海軍初の全金属単葉艦上戦闘機。空力的に洗練された設計で、制式採用当時は、列強の単座戦闘機の水準を大きく超える高性能を誇った。とくに垂直面での旋回性能は優秀で、格闘戦では無類の強さを発揮した。

一方で、7.7ミリ機銃２丁の武装には物足りないという声もあり、さらなる性能向上への研究が始まっている。

は右に旋回している。九六艦戦が、道を開けるような格好だ。

バッファロー群は機名の通り、野牛《やぎゅう》の暴走を思わせる勢いで、それまで九六艦戦が占めていた空域へとなだれ込む。

結城は二、三番機の追随を確認した。

操縦桿を左に倒し、急角度での水平旋回をかけた。

視界の中で、空が右に回転し、九六艦戦の機体が垂直に近い角度まで倒れる。

ごく小さな円弧を描いて旋回し、バッファロー群の左後方に占位《せんい》する。

機体を水平に戻したとき、一機のバッファローが右前方に見えた。

結城は、咄嗟《とっさ》に発射把柄《はへい》を握った。目の前に発射炎が閃き、九七式七・七ミリ機銃二丁の銃口から、細い火箭がほとばしった。

真っ赤な曳痕《えいこん》が、バッファローのエンジン・カウリングから左主翼の付け根にかけて突き刺さった。

バッファローの機首から、白煙が噴き出した。機体が大きく傾き、煙を引きずりながら、みるみる高度を落とし始めた。

続いて二機目を、と思ったときには、前方にいたバッファロー二機が、左旋回をかけている。結城機の正面から、向かって来る格好だ。

結城は再び操縦桿を左に倒し、水平旋回をかけた。九六艦戦が大きく傾き、二度目の急旋回に入る。

遠心力が肉体を締め上げ、尻が座席にめり込まんばかりに押しつけられる。操縦桿を握る両腕は、鉛《なまり》と化したように重い。

江田島で心身を鍛練し、霞ヶ浦や岩国《いわくに》でも鍛えられた身だ。戦闘機搭乗員となる道を選んでからは、急旋回や宙返りといった激しい機動も経験した。

この程度の荷重には、充分耐えられる。

バッファロー二機が九六艦戦の背後を取るべく、左へ左へと旋回する。

結城も、後続する高峯一空曹、町田三空曹も、そうはさせじとバッファローに食い下がる。

三機の九六艦戦は、敵機の内懐《うちぶところ》に入る形で距離を詰めてゆく。

最高速度はバッファローの方が優れているが、旋回性能では紛《まぎ》れもなく九六艦戦が上だ。

バッファローが三回、四回と旋回を繰り返しても、振り切られることなく食らいついてゆく。

バッファロー二番機が、照準器《しょうじゅんき》の白い環《わ》に入った。

(頃合《ころあ》いよし)

判断すると同時に、結城は発射把柄を握った。

赤い発射炎が目の前に躍り、七・七ミリ弾の細い火箭がほとばしる。

弾道は、若干《じゃっかん》下方に逸《そ》れたが、数発がバッファローの尾部を捉える。

撃墜を期待したが、バッファローは僅かによろめいただけだ。

「早過ぎたか」

結城は、軽く舌打ちをした。

充分距離を詰めて銃撃したつもりだが、まだ遠かったようだ。

結城はバッファローを追う。

遠心力はかかりっ放しだ。肉体にかかる重さは耐え難いほどになる。ともすれば握った操縦桿から手を離しそうになるが、ここが堪《こら》えどころだ。

バッファローとの距離が更に詰まった。敵機の機影が、照準器の白い環からはみ出した。

今度こそ！　その思いを込め、発射把柄を握った。

機首からほとばしった曳痕が、バッファローのコクピットから垂直尾翼付近にかけて突き刺さった。

バッファローが大きくよろめいた。機体を左に横転させ、急速に高度を下げ始めた。

結城は、敵一番機を追った。

二番機に追撃をかけ、止《とど》めを刺すべきとは思うが、艦戦隊の役目はあくまで艦攻の護衛だ。敵機が逃げてしまえば、当面の目的は達せられる。

それよりも、健在な機体を狙うのだ。

敵一番機が、機体を右に傾ける。左旋回から右旋回に切り替えたのだ。

結城も躊躇《ためら》うことなく、操縦桿を右に倒す。

この直前まで左旋回を続けていた機体が、今度は右に大きく倒れる。

直後、二小隊が大きく乱れた。

高峯一空曹の二番機、町田三空曹の三番機が、結城機の上方めがけて一連射を放ったのだ。

結城機の左主翼付近を青白い火箭がかすめ、バッファローの太い機体が通過する。

(危ない、危ない)

自身が際《きわ》どいところで撃墜を免《まぬが》れたことを、結城は悟った。

バッファローの一番機に気を取られているところに、別の敵機が攻撃して来たのだ。

後続する二機は、新たなバッファローに気づいて援護射撃を行い、指揮官機を救ったのだった。

新たなバッファローが二機、左前方から向かって来る。

結城は、咄嗟に操縦桿を左に倒した。

九六艦戦が左に横転し、二機のバッファローが時計回りに回転した。

敵弾が右の翼端をかすめるが、被弾の衝撃はない。結城は紙一重《かみひとえ》の差で、敵弾をかわしたのだ。

横向きになった機体が、左の翼端を先にして、垂直に降下する。二、三番機も同様だ。

三機の九六艦戦は垂直降下によって、バッファローの攻撃をかわしている。

結城は姿勢を立て直し、宙返りに転じた。

中島「寿」四一型エンジンが咆哮し、九六艦戦をぐいぐいと高みに引っ張り上げる。

空が正面に来たかと思うと視界の外に消え、海面やセイロン島の海岸が頭上に来る。

宙返りの頂点に達したところで、機体を回転させる。

アメリカ海軍 F2A「バッファロー」

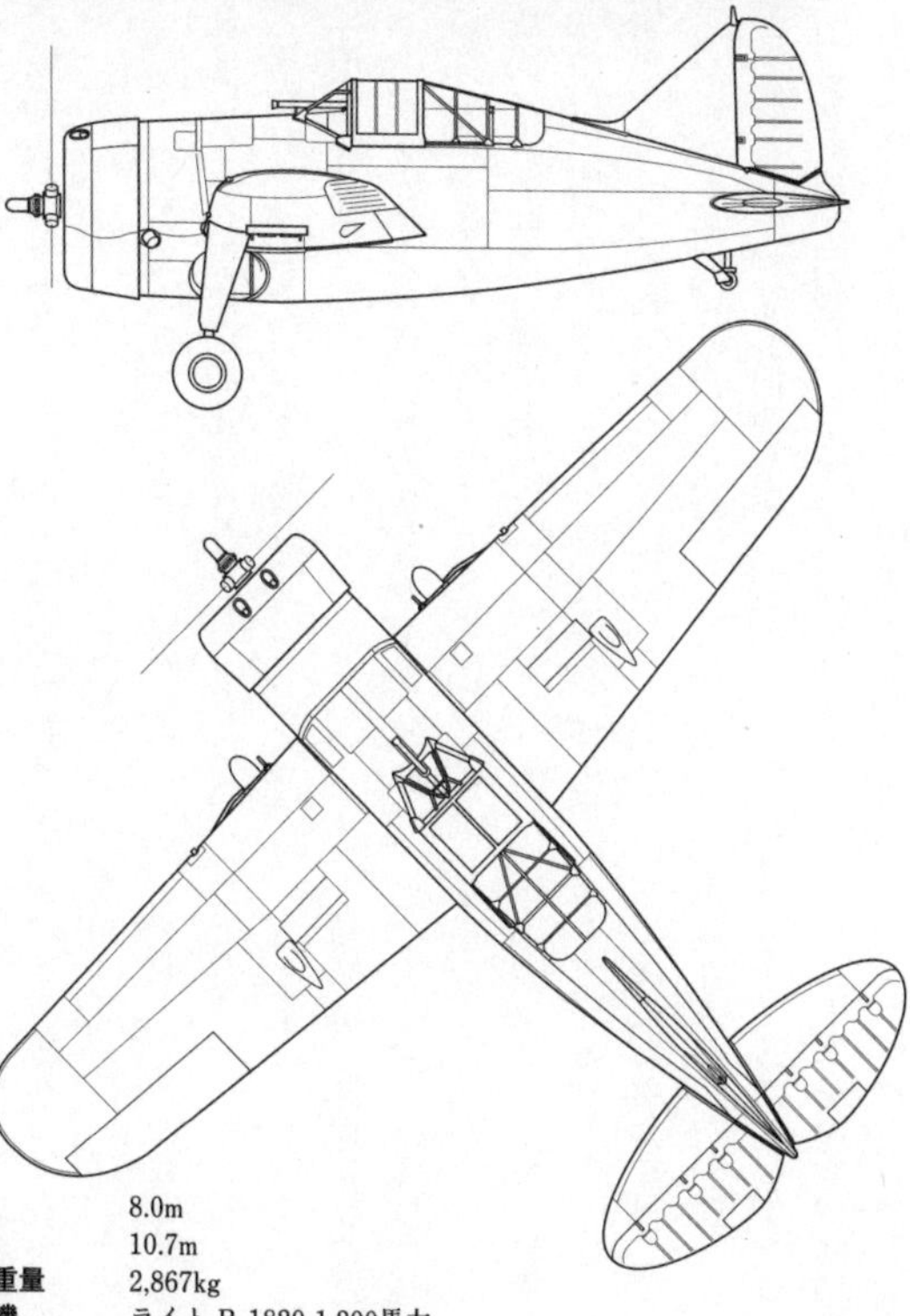

全長	8.0m
翼幅	10.7m
全備重量	2,867kg
発動機	ライト R-1820 1,200馬力
最大速度	517km/時
兵装	12.7mm機銃×2丁(機首固定)
	12.7mm機銃×2丁(翼内)
乗員数	1名

アメリカ海軍の艦上戦闘機。複葉機のF3Fの後継機として開発された。全金属製の単葉機で、空母への搭載を考えた折り畳み翼を採用。さらに、引込脚、密閉式コクピットと、先駆的な設計を特徴とする。

優れた操縦性に加え、12.7ミリ機銃４丁の強武装で、米海軍航空隊の主力として活躍している。

視界の中で、空や海、飛び交う彼我《ひが》の機体がめまぐるしく回るが、それが収まったとき、結城機は水平飛行に戻り、バッファローの後ろ上方に占位している。

結城は、エンジン・スロットルをフルに開いた。

一旦低速になった機体が加速された。

爆音と風切り音がコクピットに満ち、バッファローとの距離が詰まる。

バッファローの搭乗員は、後方から迫る九六艦戦に気づいていないようだ。加速によって振り切ることも、旋回による回避行動も取らない。

照準器の白い環が、バッファローを捉える。環の中の機影が、大きく膨れ上がる。

絶対当たる、と結城は確信した。

頃合いよしと見て、発射把柄を握った。

目の前に発射炎が明滅し、二条の火箭が延びる。

七・七ミリ機銃は非力だが、充分距離を詰めてから発射したのだ。敵機に致命傷を与えられるはずだ。

火箭が、バッファローに突き刺さった。

コクピットの後ろから左水平尾翼の付け根付近にかけて、切りつけるような格好で、多数が命中した。

バッファローはよろめいただけで、墜ちなかった。

七・七ミリ弾多数を撃ち込まれながら、持ちこたえたのだ。

「畜生《ちくしょう》!」

結城は、罵声《ばせい》を放った。今一度発射把柄を握ったが、七・七ミリ弾は大気だけを貫き、弓なりの弾道を描いて消えた。

バッファローは右に横転し、垂直降下によって離脱している。

結城は命中弾を得たにも関わらず、バッファローを取り逃がしたのだ。

もう一機のバッファロー――一番機はエンジン・スロットルを開き、結城機の射程外へと逃れている。

バッファローの最大時速は五一七キロ。九六艦戦よりも、八〇キロほど優速だ。まっすぐ前に逃げられては、追いつけない。

（後方からの攻撃は、得策ではない。取り逃がす可能性が高い）

結城はたった今の交戦から、その戦訓を摑み取っていた。

二番機が、結城機の右に並んだ。

高峯が、左上方を指さした。

結城は左方を見上げ、状況を悟った。

バッファロー群が、艦攻隊に取り付いている。

「加賀」隊と「赤城」隊の第二中隊一八機は、艦攻隊の周囲を飛び回り、敵機を追い払おうと努めているが、手が足りないようだ。最初に遭遇したバッファローは二〇機程度だったが、新手《あらて》が出現したのかもしれない。

艦攻隊も七・七ミリ旋回機銃で弾幕を張っているが、バッファローを撃退するには至らない。

艦攻一機が二機のバッファローから続けざまの銃撃を浴びる。七・七ミリ旋回機銃が沈黙し、次いで機首を大きく傾ける。

操縦員を射殺されたのか、炎も煙も噴き出すことなく、編隊から落伍《らくご》し、墜落する。

結城は艦攻隊に機首を向け、スロットルを開いた。

第二小隊の先頭に立ち、艦攻を襲っているバッファロー目がけて突進した。

第二中隊だけで艦攻隊を守れると思っていたが、見通しが甘かった。自分たちも、艦攻に注意を払わねばならなかったのだ。

（すまぬ。今行くぞ）

心中でその言葉をなげかけながら、結城は急上昇をかける。

上昇して来る九六艦戦に気づいたのだろう、バッファロー二機が艦攻隊から離れ、結城機に向かって来た。

高度上の優位は、敵にある。こちらは下から撃ち上げる形になるため、正面からの銃撃戦では不利だ。

だが結城には、正面からバッファローと渡り合う気はなかった。

　バッファロー一番機の機首と両翼に発射炎が閃く寸前、操縦桿を左に、次いで右に倒す。

　機体が振り子のように振られ、結城の身体も振り回される。

　敵機が放った青白い火箭が、九六艦戦の左右を通過した直後、結城機は敵一番機とすれ違う。

　二番機が射弾を放って来るが、結城は再び機体を左右に振ってかわす。バッファローが放った射弾は、結城機の脇を通過し、後方に消える。

　二機のバッファローは高峯と町田に任せ、結城はなおも上昇した。

　艦攻隊の後方に取り付いているバッファロー一機に狙いを定め、前下方から突進した。

　九七艦攻が右に、左にと機体を振り、バッファローの銃撃をかわしている。

　バッファローも執拗《しつよう》に食らいつき、機首と両翼から、合計四条の火箭を放っている。

　野牛《バッファロー》の名を冠《かん》した機体だが、その動きは肉食獣さながらだ。艦攻が右に旋回すれば右へ、左に旋回すれば左へと回り、逃がさない。

　九七艦攻は運動性能に優れた機体だが、胴体下に二五番二発を抱えた身だ。いつまでも、かわし続けられるものではない。

（持ちこたえてくれ、もう少し）

　その言葉を九七艦攻に投げかけ、結城は上昇を続けた。

　バッファローを照準器に捉える。特徴的な太い機体が、白い環の中で膨れ上がる。

　敵機は、回避の様子を見せない。九七艦攻を墜すことに集中し、前下方から迫る危険な存在には気づいていないようだ。

　充分距離を詰めたところで、結城は発射把柄を握った。二条の火箭が、バッファローのエンジン・カウリングに真下から突き刺さった。

　バッファローが、機首から黒煙を噴き出す。機体が傾き、結城機とすれ違う形で墜落してゆく。

一瞬、バッファローのコクピットが結城の視界に入った。搭乗員は、うなだれているように見えた。

結城機の射弾は、バッファローの下腹を貫いてコクピット内に飛び込み、搭乗員の足や腹に命中したのかもしれない。撃墜確実と判断できた。

結城は、艦攻隊の後方に占位する。

高峯機、町田機も結城機の後方に位置し、第一小隊も艦攻隊の近くに戻って来る。

艦攻隊に向かって来るバッファローは見当たらない。艦戦隊は、敵戦闘機をあらかた掃討《そうとう》したようだ。

攻撃隊の前方で、繰り返し爆発が起こり、爆煙が湧き出している。

地上部隊が、対空射撃を開始したのだ。

艦攻隊は緊密な編隊を組んだまま、黒い爆煙が湧き立つ中へと突き進んでゆく。

その前方に、飛行場が見えている。英空軍が、コロンボの近郊に設けた航空基地だ。

先頭に立つ嚮導機《きょうどうき》の胴体下から、二つの黒い塊《かたまり》が離れた。

一拍置いて、艦攻全機が一斉に投弾した。

何機かはバッファローに墜とされたようだが、五〇機前後が健在なようだ。

一機当たり二発、全機を合計すれば約一〇〇発の二五番が、コロンボの飛行場を襲うことになる。

結城は敵機の襲撃を警戒しつつ、周囲の空と敵の飛行場を交互に見た。

敵飛行場の一箇所——二本の滑走路が交差するあたりで、最初の爆発が起こり、赤黒い爆煙が噴き上がった。

僅かに遅れて、数十箇所で爆発が起こり、濛々《もうもう》たる爆煙が、滑走路や付帯設備を覆い隠した。

3

「風に立て！」

「面舵一〇度！」

空母「加賀」艦長岡田次作大佐の命令を受け、航海長佐藤佐《さとうたすく》中佐が操舵室に下令した。

時刻は一二時八分（現地時間八時三八分）。

およそ二時間半前、コロンボに向かった攻撃隊が、第一航空戦隊の上空に姿を見せている。

進撃を開始したときと同様、指揮官機を先頭に、緊密な編隊形を組んでいる。

機数は、さほど減っていないようだ。

昨夜、飛行長長島育三《ながしまいくぞう》中佐から第一次攻撃隊の搭乗割を渡されたとき、岡田は、

「護衛が一八機だけで大丈夫だろうか？」

と危惧したが、長島は、

「本艦の艦戦搭乗員は一騎当千《いっきとうせん》です。充分、艦攻隊を守れます」

と太鼓判《たいこばん》を押している。

その言葉が正しかったようだ。

「救護班は飛行甲板に待機」

「『赤城』面舵。風上に向かいます」

岡田の新たな命令に、艦橋見張り員の報告が重なった。

「加賀」の右前方で待機していた「赤城」——第一航空戦隊の旗艦が、面舵を切っている。

若干の間を置いて、「加賀」の舵が利《き》き始めた。

艦首が右に振られ、艦首の噴出口から噴き出す水蒸気が、軸線に沿って流れ始めた。

「戻せ。舵中央」

「両舷前進全速」

佐藤航海長が操舵室に命じ、岡田は機関長寺山《てらやま》正一《しょういち》中佐に指示を送った。

「もう少し手こずるかと思っていましたが、意外にあっさり終わりましたね」

「英国も、本国に火が付いてるからな。海外の植民地にまでは、手が回らないのかもしれん」

佐藤航海長の感想を受け、岡田は応えた。

セイロン島攻撃に際し、コロンボとトリンコマリ

ーを同時に叩くとの作戦案が説明されたとき、第一航空戦隊司令官小沢治三郎《おざわじさぶろう》少将から反対意見が出された。

「セイロン島の重要性を考えれば、シンガポール攻略時よりも激しい迎撃が予想される。コロンボとトリンコマリーを同時に叩くよりも、第一、第二両航空戦隊の空母四隻を集中し、トリンコマリー、コロンボの順で叩くべきである」

と主張したのだ。

だが、連合艦隊参謀長の福留繁少将は、

「航空偵察の結果、コロンボ、トリンコマリーには、さほど多くの航空兵力が配備されていないことが判明しました。また、英国は本国防衛のため、空軍部隊を呼び戻しているとの情報もあります。航空兵力が僅少《きんしょう》であるなら、コロンボ、トリンコマリーを同時に叩き、一日でも早くセイロン島の制空権を奪取するのが得策であると考えます」

と述べ、山本連合艦隊司令長官も福留の意見を支持したため、第一、第二航空戦隊は二手《ふたて》に分かれ、コロンボ、トリンコマリーを同時に叩くと決定されたのだ。

コロンボに向かった一航戦攻撃隊の報告電が届いたのは、一一時丁度。

「赤城」と「加賀」が、第二次攻撃隊の準備をしているときだ。

攻撃隊指揮官の淵田美津雄少佐は、

「攻撃終了。『コロンボ』ノ敵飛行場ニ爆弾多数命中。効果甚大《じんだい》。敵飛行場ハ使用不能ト判断ス。我ガ方ノ損害軽微。今ヨリ帰投ス。一一〇〇《ヒトヒトマルマル》」

と打電しており、ただ一度の攻撃で、コロンボの飛行場を壊滅状態に陥《おとし》いれたことを伝えていた。

小沢一航戦司令官は慎重論を唱え、兵力の集中を訴えたが、実際には福留参謀長の判断が正しかったのだ。

トリンコマリーを攻撃した第二航空戦隊も、

「『トリンコマリー』ノ敵飛行場ニ爆弾多数命中。

敵飛行場ハ使用不能ト判断ス」

との報告電を送っている。

連合艦隊司令部は、「攻撃反復の要無し」と判断したため、「赤城」「加賀」では飛行甲板上に上げていた九九式艦上爆撃機を格納甲板に下ろし、直衛用の九六艦戦には、戦闘空中哨戒を命じた。

コロンボ、トリンコマリーの敵飛行場を使用不能に陥れても、安心はできない。

英軍は、島内の平地に航空機を避退させている可能性があるし、空母の存在も考えられる。

一航戦司令部は、万一の事態に備えたのだ。

「加賀」は、収容に備えて増速を始めている。

艦底部から伝わる機関の鼓動《こどう》が高まり、艦が加速される。風向き確認用の水蒸気が吹き散らされ、艦首からの水切り音、艦橋周辺の風切り音が拡大する。

「飛行長より艦長。攻撃隊、着艦態勢に入ります」

艦橋の後ろにある発着艦指揮所に詰めている長島育三飛行長が報告を上げる。

艦の後方は、艦橋からは死角《しかく》になるため、帰還機は直接目視できないのだ。

それでも、「加賀」に所属する九六艦戦と九七艦攻が高度を下げ、飛行甲板に滑り込まんとしている様子は、岡田にも想像できた。

最初に、九七艦攻が滑り込んで来る。オルジス信号灯が明滅し、「負傷者有リ」と知らせている。

着艦した艦攻は飛行甲板の前縁に留め置かれ、搭乗員が降機する。操縦席からは、負傷している操縦員が、救護班の兵や甲板員の手で下ろされる。

操縦員が力尽《ちからつ》きれば、偵察員、電信員は道連《みちづ》れだ。そうならぬよう、苦痛を堪えながら母艦まで飛び続けたに違いない。

「あのような操縦員は貴重だ。何としても助けたいものだ」

担架《たんか》に乗せられて運ばれてゆく操縦員を見下ろしながら、岡田は呟いた。

飛行甲板上では、収容作業が続いている。

九七艦攻が次々と、艦尾から滑り込んで来る。

主翼や胴に弾痕がある機体も、何機かあるようだ。敵の直衛機か対空砲に撃たれたのだろう。

最終的に、二四機の九七艦攻が着艦した。

出撃機数二七機のうち、未帰還三機。九名の艦攻搭乗員が戦死したことになる。

搭乗員の養成には時間がかかることを考えれば、痛い損害だが、セイロン島の戦略的な重要性を考えれば、少ない犠牲で任務を完了したと見るべきかもしれない。

九七艦攻に続いて、九六艦戦が降りて来る。

最初の一機が飛行甲板に滑り込んだとき、唐突《とうとつ》に異変が起きた。

艦の後方で着艦の順番を待っていた九六艦戦が、にわかに速力を上げ、飛行甲板の真上を飛び抜けたのだ。

帰還機だけではない。

第一艦隊の上空で旋回待機していた九六艦戦も、次々に降下しつつある。

「敵機か？　どこだ？」

「左前方です、艦長！」

岡田の問いに、佐藤航海長が即答した。

岡田は、咄嗟に左前方上空を見、次いで海面付近に視線を転じた。

一群の機影が、低空から「加賀」に接近しつつある。雷撃を狙っているようだ。

「と、取舵《とりかじ》一杯！」

「取舵一杯。急げ！」

岡田は泡を食ったような叫び声を上げ、佐藤は怒《ど》鳴《な》り込むようにして、操舵室に下令した。

岡田は航空の専門家であり、航空戦は秒単位で状況が変わることを熟知していたが、艦上で空襲を受けるのは初めてだ。咄嗟のこととあって、焦《あせ》りが態度に出てしまったのだ。

「艦長より砲術。目標、左前方の敵機。射程内に入り次第、砲撃始め！」

やや落ち着きを取り戻した声で、岡田は射撃指揮所に下令した。

「目標、左前方の敵機。射程内に入り次第、砲撃始めます」

砲術長増山貞夫《ますやまさだお》少佐が、岡田よりも落ち着いた声で復唱《ふくしょう》を返した。

舵は、すぐには利かない。

「加賀」は艦上機を収容する態勢のまま、直進を続けている。

空中戦が始まった。

低空から突っ込んで来る敵機に、九六艦戦が前上方から躍りかかり、射弾を叩き込む。

機首に装備する七・七ミリ機銃二丁から一連射を浴びせるや、引き起こしをかけ、敵機の後ろ上方へと抜ける。

敵機の胴体正面からも火箭が飛び、九六艦戦を迎え撃つ。

九六艦戦は、右に、左にと機体を旋回させ、敵弾に空を切らせるが、七・七ミリ弾も致命傷を与えるには至らないようだ。

敵機は、炎も煙も噴き出すことなく、「加賀」に向かって来る。

「敵機はブレニム！」

艦橋見張り員が敵の機種を見抜き、報告した。

ブリストル・ブレニム。英国の双発爆撃機だ。

海軍の九六式陸上攻撃機よりも、陸軍の九九式双発軽爆撃機に近い。

主として、飛行場や防御陣地といった地上目標への攻撃に使用されており、雷撃に用いられたという話は聞かない。

「肉薄しての水平爆撃か！」

岡田は、敵の狙いを見抜いた。

ブレニムは攻撃隊がコロンボの飛行場を叩いている間、空中に避退していたのだ。

攻撃終了後、攻撃隊を尾行することで第一艦隊の位置を突き止め、反撃に転じたのだろう。

軽爆の攻撃程度で、三万八二〇〇トンの基準排水量を持つ「加賀」が沈むとは思わないが、飛行甲板の前部には、収容したばかりの九七艦攻がひしめいている。

燃料を残している機体に敵弾が命中すれば、引火爆発は必至だ。

「艦長より飛行長、飛行甲板上の艦攻を投棄しろ！　誘爆の恐れがある！」

岡田は、長島飛行長に命じた。

長島が声をかけたのだろう、整備員や甲板員が、前甲板に集められている帰還機に取り付き、かけ声と共に飛行甲板の縁へと押してゆく。

低空では、九六艦戦がブレニムへの攻撃を繰り返している。

正面上方、あるいは後ろ上方から急降下をかけ、七・七ミリ弾の火箭を撃ち込んでは、急上昇によって離脱する。

「加賀」の艦橋からは命中しているように見えるが、ブレニムは容易に墜ちない。

時折、よろめく機体はあるが、火を噴いたり、海面に激突したりすることはなく、「加賀」目がけて突き進んで来る。

「七・七ミリでは駄目か！」

岡田は呻き声を発した。

九六艦戦の兵装では、欧米の機体と戦うには限界がある。その現実を、はっきりと思い知らされた。

「敵一機撃墜！」

見張り員が、弾んだ声で報告した。

ブレニムが一機、海面に叩き付けられ、飛沫を上げている。

九六艦戦が、ようやく戦果を上げた。繰り返し撃ち込んだ七・七ミリ弾が、致命傷を与えたのだ。

続いて二機目のブレニムが、右主翼のエンジンから炎を噴き出す。

そのブレニムは、炎と黒煙を引きずりながらなお突撃を続けたが、力尽きたように海面に落下する。

三機目、四機目のブレニムが、続けて墜ちた。

どちらも左主翼のエンジンから火を噴き出し、大きく旋回しながら、滑り込むように海面に突入した。

「やはり非力だ」

岡田は呟いた。

ブレニムを四機、続けざまに墜としたのは殊勲《しゅくん》だが、一撃で火を噴かせたものはない。どの敵機も、繰り返し銃撃を浴びせることで撃墜に至っている。

「ブレニム、残り九機!」

見張り員が報告する。

その声に触発されたかのように、九六艦戦がなおも攻撃を繰り返す。

正面上方、あるいは後ろ上方から降下し、七・七ミリ弾を撃ち込む。

ブレニム一機が銃撃を回避しようとしてか、機首を押し下げた。

高度を下げすぎたのか、機首が波頭《なみがしら》に突っ込み、機体が逆立ちした。

ひとしきり激しい飛沫が上がり、ブレニムは逆立ちした姿勢のまま、海面下に引き込まれ始めた。

直後、「加賀」の舵が利き始め、艦首が左に振られた。

左前方から向かって来るブレニムが、艦の正面から右前方へと流れる。

増山貞夫砲術長が「撃ち方始め!」を下令したのだろう、右舷側に発射炎が閃いた。

片舷に四基を装備する一二・七センチ連装高角砲が火を噴いたのだ。

戦艦や重巡の主砲に比べ、口径は遥かに小さいが、速射性能は高い。四秒から五秒置きに、砲口に発射炎を閃かせ、直径一二・七センチ、重量二三キロの砲弾を、低空を突進するブレニムに発射する。

海面付近で、続けざまに爆発が起こる。

飛び散る弾片が、ブレニムの主翼や胴体を切り裂き、エンジンを破壊することを期待するが、敵機は針路も、速度も変えず、「加賀」に向かって来る。

先頭になったブレニムの面前《めんぜん》で、一二・七センチ砲弾が炸裂した。

打ち砕かれた風防ガラスの破片が、陽光を反射しながら飛び散り、ブレニムは大きく機首を下げた。

真っ逆さまに海面に突っ込み、激しい飛沫の中に姿を消した。空中で見えない壁に激突し、墜落したように見えた。

残る七機は間近《まぢか》に迫っている。フル・スロットルの爆音は、戦士が上げる雄叫《おたけ》びさながらだ。

「加賀」の右舷側に新たな発射炎が閃き、握《にぎ》り拳《こぶし》ほどもある曳痕がほとばしった。

盟邦ドイツから試験的に導入し、「赤城」「加賀」に四基ずつを装備したラインメタル五七口径三七ミリ連装機銃が、対空戦闘に加わったのだ。

右舷側二基四門の三七ミリ機銃は、二秒置きに火を噴き、直径三七ミリの銃弾が、流星の勢いで突入する。

最初の二射は空振りに終わったが、第三射、第四射が一機ずつを仕留《しと》めた。

第三射弾を左主翼に受けたブレニムは、燃料タンクを直撃されたのか、一瞬で巨大な火焰に変わった。機体の内側から噴出した炎が、機体全体を呑み込んだように見えた。

第四射弾は、ブレニム一機の右主翼を中央付近から分断した。片翼の半分を失ったブレニムは、ネジを回すように回転しながら海面に突っ込み、ばらばらに砕けて、波間に姿を消した。

残る五機のブレニム目がけ、六条の火箭がほとばしった。

右舷側に六基を装備する二五ミリ連装機銃が火を噴いたのだ。これが、艦を守る最後の盾となる。

先頭のブレニムに、火箭が集中された。

機首といわず、主翼といわず、真っ赤な曳痕が突き刺さった。双発の軽爆撃機など、木《こ》っ端微塵《ばみじん》になると思われた。

左主翼のエンジンから、黒煙が噴出する。

速力が衰《おとろ》え、高度を下げたブレニムに、更に火箭が集中される。

だが、ブレニムは墜ちなかった。

左主翼からの黒煙を引きずりながらも「加賀」に肉薄し、飛行甲板の真上を飛び越えた。

そこまでが限界だったのだろう、ブレニムは「加賀」の左舷側海面に墜落し、飛沫を上げた。

「ブレニム、来ます！」

艦橋見張り員の叫び声が上がった。

岡田は、両目を大きく見開いた。

残った四機が、「加賀」の右正横から突っ込んで来る。

三七ミリ機銃が二秒置きに射弾を浴びせ、二五ミリ機銃も射撃を続ける。

更にブレニム一機がコクピットに被弾し、力尽きたように墜落する。腕力自慢の力士が強烈な突っ張りによって、相手を土俵《どひょう》に這《は》わせたようだ。

ブレニムの胴体上面からも火箭がほとばしり、「加賀」の機銃座を沈黙させ、飛行甲板に命中して火花を散らせる。

爆音が急速に拡大した。犬の鼻面を思わせる機首とコクピット、高速で回転するプロペラ、両翼に装備する二基のエンジンが目の前に迫った。

直後、爆音は艦橋の真上を通過した。

飛行甲板の後部、三番昇降機の左舷側海面で爆発が起こり、噴き上げられた飛沫が艦に降りかかった。

残る二機のブレニムも、続けざまに「加賀」の頭上を通過する。

「加賀」の右舷付近、あるいは左舷付近で爆発が起こり、飛沫が盛大に飛び散る。

「よし……！」

最後の敵弾炸裂を確認したところで、岡田は満足の声を上げた。

「加賀」は、ブレニムの攻撃を凌《しの》ぎ切った。至近弾を何発か受けたものの、直撃は最後まで許さなかったのだ。

（九六艦戦では駄目だ。あの機体では、英米の航空機とは戦えぬ）

岡田は、当面の敵である英国だけではなく、仮想敵である米国のことも想定して、その結論を出した。

九六艦戦では、陸軍の九九双軽に相当する軽爆にも手を焼く。

この機体では英軍機には勝てない。まして、より強力と想定される米軍機には手も足も出ない。

母艦戦闘機隊の装備機が現在のままでは、空母は主力になり得ない。

岡田は航空の専門家であり、実際に飛行機の操縦桿も握っている。それだけに、航空主兵思想の現実がはっきりと見えた。

その一方では、収穫《しゅうかく》もある。

今回の作戦前に装備されたドイツ製の三七ミリ機銃が威力を発揮し、ブレニム二機を墜としたのだ。

「加賀」が被弾を免れたのも、三七ミリ機銃に負うところが大きい。ラインメタルの機銃は、実戦の場で威力を実証したと言える。

難点は、発射間隔がやや長いことだ。次弾発射までに二秒を要するようでは、多数の敵機には対応できない。

この作戦が終わったら、三七ミリ機銃の使用実績について報告書を提出し、改良を求めるべきだろう……。

「艦長、一航戦司令部が状況報告を求めています」

信号長森口兼夫《もりぐちかねお》兵曹長の報告を受け、岡田は即座に命じた。

「『赤城』に信号。『至近弾多数アレド直撃弾ナシ。戦闘航行ニ支障ナシ』」

次いで、佐藤航海長にあらためて「風に立て」と命じる。

「加賀」が艦首を風上に向けるや、第一次攻撃隊の帰還機が、艦尾から飛行甲板に滑り込んで来た。

4

「二艦隊に命令電を送れ。一艦隊に合流させる」

連合艦隊旗艦「長門」の艦橋で、山本五十六連合艦隊司令長官が指示を出した。

「長門」の通信室から、トリンコマリー沖にいる第二艦隊に命令電が飛ぶ。

「二艦隊より返信が届きました。『本一八〇〇《ヒトハチマルマル》（現地時間一四時三〇分）、一艦隊ニ合流ノ見込ミ』」

通信参謀の田村三郎中佐が報告を届けた。

「英軍の双発機にしてやられるとは」

一航戦も存外《ぞんがい》だらしがない――福留繁参謀長は、そんなことを言いたげだった。

来襲したブレニムは一三機。機数だけを見れば、一航戦がコロンボに出撃させた第一次攻撃隊の七分の一でしかない。

少数の軽爆撃機が、低空からの奇襲に成功し、帝国海軍が誇る正規空母一隻を危機に陥れたのだ。被弾は免れたものの、飛行甲板を破壊されていたら、セイロン島上陸を前にして、空母一隻を戦列から失う羽目《はめ》になったところだ。

「英国空軍は、侮れる敵ではありません。フランスの戦いでは、大陸に派遣された航空隊が奮戦したと聞き及びますし、ダンケルクからの撤退戦でも、船団の援護で活躍したとの情報が入っています。同じ血が、セイロン島を守っていたブレニムの搭乗員にも流れていたと考えられます」

日高俊雄航空参謀が発言した。

実際のところ、日高は「加賀」を襲ったブレニムの搭乗員に対し、賛嘆《さんたん》の思いを抱いている。

僅か一三機で、戦闘機の護衛もなしに、第一艦隊目がけて突撃して来たのだ。僚機《りょうき》が次々に墜とされてもひるまず、全機が投弾を果たした。

驚くべき闘志と執念だ。

ドイツ空軍も、英空軍が相手では苦戦を強《し》いられるのではないか。

「英軍の肩を持つのだな、航空参謀は」

福留が不満そうな口調で言った。敵を褒《ほ》めたことが、気に入らなかったようだ。

「英軍の実力を、可能な限り客観的に評価したいと考えているだけです。古来《こらい》、敵を過小評価したために敗北を喫したり、思いがけない損害を被ったりした例は、枚挙《まいきょ》に暇《いとま》がありません」

「我が軍は、マレーでもビルマでも英軍を破った。陸軍航空隊も、マレー、ビルマの英空軍部隊を打ち破り、制空権を奪取した。あれが英軍の実力だとは思わぬかね？」

「一度勝ったからといって、二度目、三度目も勝てるとの保証はありません。敵も戦訓を分析し、捲土《けんど》重来《ちょうらい》を期すはずです。敵の実力を、慎重に見極めることが必要です」

「まあ、いいだろう」

なおも言いつのろうとした福留を、山本が笑いながら制した。

日高に向き直り、あらたまった口調で聞いた。

「『加賀』が被弾寸前までいった原因について、航空参謀の見解を聞きたい」

「戦闘機の非力さが問題です。九六艦戦では火力が小さく、ブレニムのような軽爆撃機でも、なかなか撃墜できません。今後は数十機、いや一〇〇機以上の敵機がいちどきに襲いかかって来る事態も想定されます。一三機のブレニムにさえ手を焼いた九六艦戦では、到底防ぎ切れません」

考えていたことを、日高は一気に話した。

直衛機がブレニムをなかなか撃墜できない様子を見て、日高自身も苛立ちを感じていたのだ。

「もう少し、言い方を和《やわ》らげてはどうかね。貴官の言い方は、直截《ちょくせつ》に過ぎる」

「言い方を変えても、意味はありません」

顔をしかめた福留に、日高は応えた。

元々、気休めは言えない性格だ。内地の航空隊で教官勤めをしていたときも、飛行機乗りに向かないと判断した生徒には、はっきりその旨を伝えたため、司令から「冷徹《れいてつ》に過ぎる」と言われたこともある。

連合艦隊司令部の幕僚になったところで、その性格が変わるわけではない。

「貴官はいったい――」

「いいではないか」

山本が笑いながら言った。

「日高少佐の性格は、人事局からも聞いている。持って回った言い方はしない男だと。私はそのことを承知の上で、日高少佐をGF司令部に迎えたのだ」

「はあ……」

福留は、不満そうな表情を浮かべた。

日高のような男がいては和を乱す、と思っている様子だった。

「航空参謀が言いたいことは分かる。零戦の配備を急ぐべきだ、と主張したいのだろう？」

「おっしゃる通りです。零戦であれば、ブレニムなど寄せ付けません。将来、交戦が予想される米軍機であっても対抗できます」

「その主張には私も賛成だが、軍令部は、零戦を基地航空隊に優先して配備する方針だ。セイロン島攻略に続くインド進攻作戦では、足の長い機体が必要だからな」

山本は、僅かに表情を曇らせた。

軍令部は、セイロン島攻略後に基地航空隊を進出させ、インド南部の制空権を奪取する作戦構想を立てている。

このとき必要になるのが、陸上攻撃機と行動を共にできる戦闘機だ。

九六艦戦は、火力が小さいという弱点を持つことに加え、航続距離が六九〇浬と短く、九六陸攻とは行動を共にできない。

だが零戦の航続性能は、一〇〇〇浬を超える。

九六陸攻を援護して、インドの奥地まで進攻し、セイロン島まで悠々《ゆうゆう》と帰還できる。

インド進攻には、不可欠の機体なのだ。

その零戦は制式採用されたばかりで、まだ数が揃っていない。

基地航空隊と機動部隊の両方に配備できるほどの機数は用意できないのだ。

インド進攻作戦を見据えれば、基地航空隊への配備を優先せざるを得ない。

陸軍がインドに上陸し、橋頭堡《きょうとうほ》を確保すれば、以後の航空作戦は陸軍航空隊に委ねることもできるが、それまでは海軍航空隊が制空権の確保に尽力しなければならないのだ——と、山本は言った。

(インド進攻作戦に傾注《けいちゅう》できればよいのですが)

腹の底で、日高は呟いた。

今の状況下では、米国がいつ参戦して来るか、予《よ》断《だん》を許さない。

最悪の予想が現実になったとき、母艦航空隊の戦闘機を、早い段階で零戦に切り替えておかなかったことを悔やむことにならないか。

(分不相応《ぶんふそうおう》な考えだな)

日高は、自嘲的な笑みを浮かべた。

自分はあくまで航空機の専門家として、連合艦隊司令部の幕僚に任じられた身だ。米国の参戦などという大きな問題は手に余る。

そのようなことは、江田島同期で軍務局員を務めている浜亮一中佐あたりが考えることだ。

「空母の艦上機や艦隊の防空態勢については、また後で考えよう。当面は、目の前の作戦に集中しなければ」

山本が、幕僚全員を見渡して言った。

「一航戦、二航戦からは、コロンボ、トリンコマリーの敵飛行場を使用不能に陥れた旨、報告が届いております。攻略部隊を呼び寄せ、上陸を開始してもよいと考えますが」

佐薙毅作戦参謀の具申を受け、山本は「まだだ」と応えた。

「英国海軍の動向が気がかりだ。英艦隊を撃滅し、周辺海域の制海権を盤石《ばんじゃく》のものとしない限り、攻略部隊を呼ぶことはできぬ」

「英艦隊は出現するでしょうか？　シンガポールにいた東洋艦隊のように、遁走《とんそう》した可能性もあるのでは？」

福留が意見を述べた。

昨年一二月一日、日本が参戦した時点で、シンガポールの英国東洋艦隊は、空母「イーグル」と重巡三隻、軽巡一隻、駆逐艦一〇隻、潜水艦一五隻を擁していた。

シンガポール攻略の支援に当たった第二艦隊は、東洋艦隊と対決する腹を固めていたが、英軍はいち早くシンガポールより脱出し、日英の海戦は生起しなかった。

「イーグル」は空母といっても、大正九年に竣工した旧式艦で、日本海軍最初の空母「鳳翔《ほうしょう》」と同世代の艦になる。搭載機数も二〇機程度と少ない。

これに対して第二艦隊は、指揮下に正規空母「蒼《そう》龍《りゅう》」「飛龍《ひりゅう》」を擁する他、重巡以下の戦力も、東洋艦隊を圧倒している。

第二艦隊司令長官古賀峯一中将は、

「英東洋艦隊の指揮官は、我が軍と正面からぶつかっても勝算はないと考え、戦力の温存策を採ったものと推測します」

と、連合艦隊司令部に報告している。

今回も同じでは、と福留は考えたようだ。

山本は、言下に言った。

「シンガポールとインドは違う。マレー作戦のように、英艦隊が戦わずして逃げ出すことはないと考える。英艦隊は、大英帝国の威信《いしん》を懸《か》けて、必ず我が軍に戦いを挑《いど》んで来る」

「索敵機が出発してから、三時間以上が経過しています。未《いま》だに報告がない以上、英艦隊は近くにはいないと判断するべきでは？」

佐薙作戦参謀が具申した。

第一、第二両艦隊は、セイロン島への航空攻撃と並行して、戦艦、重巡の水上機を周囲の海面に飛ばし、索敵を実施している。

英東インド艦隊が連合艦隊との決戦を望んでいるなら、索敵網にかかって来るはずだが、今のところ報告がない。

山本は、かぶりを振った。

「もう少し、様子を見よう」

5

「現在位置、コロンボよりの方位二四〇度、二八〇浬。一艦隊よりの方位二七〇度、二四〇浬。視界内に敵影なし」

戦艦「陸奥」二号機の操縦桿を握る根上弥平《ねがみやへい》一等航空兵曹の耳に、機長と偵察員を兼任する田原行信《たはらゆきのぶ》中尉の声が届いた。

「コロンボから二八〇浬なら、基地の戦闘機は出て来ないでしょうね」

根上は言った。

セイロン島に対する航空攻撃の結果は、水上偵察機の搭乗員にまでは知らされていない。

仮に航空攻撃が不徹底であったとしても、戦闘機による戦闘空中哨戒は、せいぜい基地から一〇〇浬あたりまでだ。コロンボを拠点とする戦闘機が、このあたりまで来るとは考えられない。

だからといって、安心はできない。

シンガポールにいた英軍の空母が、インド方面に後退したことは、既に分かっている。

その空母から発進した戦闘機が、このあたりの空域にいないとも限らない。

（こいつを墜とされるわけにはいかないからな）

なおも周囲に目を配りながら、根上は腹の底で呟いた。

根上の搭乗機は、零式水上偵察機。今年、制式採用されたばかりの最新鋭機だ。

これまで使用されていた九四式水上偵察機に比べ、

速力、上昇力、航続性能等、全ての面で勝っている。

操縦性は素直であり、水上機には何よりも重要な離着水時の安定性も高い。

昭和一五年時点における水上偵察機としては、最良の機体といえる。

ただ、最新鋭機とはいっても、重いフロートを提げた水上機であり、空中戦に適した機体ではない。敵戦闘機に捕捉されたら、ひとたまりもなく撃墜される。

貴重な新鋭機を失うことはできなかった。

幸い、敵機が姿を見せることはなかった。

零式水偵は、巡航速度の時速二二〇キロを保ち、西進を続ける。

周囲の視界は開けている。

ところどころにかかっている断雲《だんうん》を除けば、視界を遮《さえぎ》るものはほとんどない。その雲にしても、白絹《しらぎぬ》のように薄く、向こう側を見通せる。

真っ青な海は、前後左右、どこまでも続いており、ともすれば大海原《おおうなばら》の直中《ただなか》に、自分たちだけが取り残されたのではないかと錯覚するほどだ。

インド洋は、そのようなことを感じさせるだけの広がりを持つ海だった。

更に二〇浬ほど飛行したとき、

「右前方に航跡！」

根上は、海面の変化に気づいて叫んだ。

この直前まで、海面にはなかったものが見えている。波頭とは明らかに異なる白い筋が、西から東に向かって延びている。

一条だけではない。

何条もの航跡が縦に連なっている。

「川端《かわばた》、司令部に打電。『敵艦隊見ユ。位置、〈コロンボ〉ヨリノ方位二六二度、三〇〇浬。一三五三《ヒトサンゴサン》（現地時間一〇時五三分）』」

田原が、電信員を務める川端祐介《ゆうすけ》二等航空兵曹に命じた。

友軍からの距離や、水上砲戦向けの単縦陣《たんじゅうじん》を組んでいるところから、敵艦隊だと判断したのだ。

「根上、左旋回。敵艦隊の後方に回れ」

「左旋回。敵艦隊の後方に回ります」

田原の指示を受け、根上は操縦桿を左に倒した。

零式水偵が左に大きく旋回し、右前方に見えていた敵艦隊が一旦視界の外に消えた。

根上は次いで、操縦桿を右に倒した。機体が今度は右に傾き、敵艦隊が再び視界に入って来た。

帝国海軍でも最も新しい水上偵察機は、円弧を描きつつ、東進する敵艦隊とすれ違ってゆく。

対空砲火が来るか、と身構《みがま》えたが、敵の艦上に砲煙が湧き出すことはない。零式水偵の存在に気づいていないはずはないが、対空砲火を放つ素振《そぶ》りを見せない。

自軍の陣容を、見せつけようとしているかのようだった。

「駆逐艦が一二隻に巡洋艦が七隻だな。最後尾の二隻が戦艦のようだ」

田原が、敵艦隊の陣容を伝えて来た。艦の大きさや航跡の長さ、太さから、艦種を推定したようだ。

その間にも、零式水偵は敵艦隊とすれ違い、隊列の後方へと回り込んでゆく。

「こいつは……！」

「どうしました？」

不意に上がった田原の頓狂《とんきょう》な声に、根上は聞き返した。

「見ろ、最後尾の戦艦を」

田原の叫びを聞き、根上は隊列の最後尾に位置する二隻を注視した。

艦橋や煙突は後部にまとめられており、上甲板の過半を、主砲塔が占めている。

帝国海軍の戦艦——根上らの乗艦である「陸奥」や姉妹艦の「長門」、高速戦艦の金剛《こんごう》型等を見慣れた目には、異様《いよう》にも感じられる艦形だ。

いや、日本にとって最大の仮想敵である米国や、盟邦ドイツ、イタリアの海軍にも、このような上部構造物の配置を採っている戦艦はない。

異形《いぎょう》とも呼ぶべき艦だが、見覚えはある。

敵艦の識別表で、何度も繰り返し見て、しっかりと覚え込んだ艦形だった。

「ネルソン級だ」

敵艦の級名を、根上は口にした。

ワシントン軍縮条約の制限下で建造された艦の中で、最大の火力を持つ英国海軍の戦艦。

帝国海軍の「長門」「陸奥」、米海軍のコロラド級戦艦三隻と共に、「世界のビッグ・セブン」と呼ばれる四〇センチ主砲の搭載艦。

「ネルソン」と「ロドネイ」の二艦が今、インド洋に姿を現したのだ。

田原が早口で川端に命じた。

「司令部に打電。『敵ハ戦艦二、巡洋艦七、駆逐艦一二。戦艦ハ〈ネルソン級〉ト認ム。一四〇二《ヒトヨンマルフタ》（現地時間一〇時三二分）』！」

6

零式水上偵察機の姿は、英国艦隊各艦の艦上からも見えていた。

「敵信を傍受。上空の水偵から打電された模様」

大英帝国インド洋艦隊旗艦「ネルソン」の艦橋に、通信室からの報告が上げられた。

インド洋艦隊は、セイロン島トリンコマリーに展開していた東インド艦隊とシンガポールから脱出して来た東洋艦隊に、英本国からの増援部隊を合わせて再編成された艦隊だ。

英国海軍では最強の火力を持つ戦艦「ネルソン」「ロドネイ」の他、重巡三隻、軽巡四隻、駆逐艦一二隻を擁している。

他に、空母三隻と駆逐艦一二隻がいるが、本隊とは別行動を取っていた。

「戦闘機を出せるか？」

「今から出しても捕捉できないと考えます」

参謀長ラリー・ジェイクス少将の問いに、航空参謀ジム・ヘインズ少佐が答えた。

戦艦二隻を中心とした本隊の後方には、本国から伴ってきた空母「フューリアス」が付き従っている。

同艦は、イギリス国産の艦上戦闘機フェアリー・フルマー三六機を搭載しているが、今から同機を発進させても、日本機の高度まで上がるには、七分から八分程度を要する。

それまでに、敵機は逃げ去っているだろう、と情報参謀ジュリアス・ボールドウィン中佐が見積《みつ》もりを述べた。

「敵機は、既に打電を終えている。戦闘機を出す必要はない」

司令長官ジョン・トーヴィー中将が言った。

「遅かれ早かれ、日本艦隊とは一戦を交えるのだ。我が方の陣容は彼らも知ることになる。早いか遅いかの違いだけだ」

「日本艦隊を攻撃した空軍部隊は、『敵は戦艦四隻を伴う』と報告しております。フィリピンのアメリカ・アジア艦隊が送って来た情報と照合しますと、うち二隻は長門型《ナガト・タイプ》であると考えられます」

ボールドウィンの発言を受け、ジェイクス参謀長が唇《くちびる》の両端を吊り上げた。

「ビッグ・セブン同士の対決とは面白い。世界最強の戦艦が、セイロン島の沖で決まるわけだ」

一九四〇年七月現在、四〇センチ砲を搭載する戦艦は、世界に七隻しかない。大英帝国海軍《ロイヤル・ネイヴィー》のネルソン級戦艦二隻、アメリカ合衆国海軍のコロラド級戦艦三隻、そして日本海軍のナガト・タイプ二隻だ。

いずれもワシントン軍縮条約の制限下で建造されたものだが、条約が締結された一九二一年から失効する一九三六年まで、列国による戦艦の新規建造はない。

必然的に、その一五年間は、七隻の四〇センチ砲搭載戦艦が世界最強の戦艦として君臨《くんりん》した。

この七隻に対する呼称が「世界のビッグ・セブン」だ。

現在は、イギリスでも、アメリカでも、日本でも、新型戦艦の建造にかかっているが、竣工したものはまだない。

現時点では、「ビッグ・セブン」が世界最強の戦艦群なのだ。

「ビッグ・セブン同士の戦い」は、イギリス、アメリカ、日本の海軍関係者の夢であり、「どの戦艦が最も強いのか」という問題は、長年世界の海軍関係者の間でも議論されてきた。

その「夢の戦い」が、現実のものになろうとしているのだ。

ジェイクスが闘志を燃やすのも無理からぬことではあったが――。

「ビッグ・セブン同士の対決は、私にとっても胸が躍る戦いだが、作戦目的はインド、セイロン島の防衛だ。そこは、念頭に置いて貰いたい」

トーヴィーは、たしなめるような口調で言った。

「明日にもドイツ軍が上陸して来るかもしれないというときに、軍令部は敢《あ》えてロイヤル・ネイヴィー最強の戦艦二隻をインド防衛のために派遣した。その意味を考えれば、諸君にも分かるはずだ。日本艦隊との戦いには絶対に負けられない、ということがな」

現在、大英帝国は、建国以来最大の危機に立たされていると言っても過言《かごん》ではない。

フランスの降伏により、ヨーロッパで、いや世界でドイツ、イタリア、日本の枢軸三国と戦っているのは、イギリス一国だけとなってしまったのだ。

政府はアメリカ合衆国に参戦を呼びかけているが、同国大統領フランクリン・デラノ・ルーズベルトからは、色よい返事が得られていない。

ルーズベルトは今年一一月に予定されている大統領選挙で、不参戦を公約に掲げているため、参戦の決断を下せないのだ。

アメリカはイギリスに対し、武器の供与だけは行ってくれているが、戦って血を流すのはイギリスの将兵なのだ。

この状況下、イギリス本土に対するドイツ空軍の航空攻撃が始まった。

ナチス・ドイツの狙いは明らかだ。

イギリス本土周辺の制空権、制海権を握った上で、地上部隊を大挙上陸させ、イギリス全土を占領するつもりなのだ。

本来であれば、イギリスは陸海空の全兵力を本国に集中し、本土を死守《ししゅ》しなければならないはずだ。

だが、この状況下で、軍令部は敢えて本国艦隊の一部を割《さ》き、インドに派遣した。

アジアでは、「ドイツ、イタリアとの盟約に従う」との名目で参戦した日本が、イギリス、フランス、オランダの弱みにつけ込むようにして、極東の植民地を席巻《せっけん》している。

既にフランス領インドシナ、オランダ領東インド、そしてイギリス領のマレー半島、シンガポール、ビルマが日本の手に落ちた。

日本は、先の世界大戦でドイツ領の青島や南洋諸島を奪い、自国のものとしたように、今度はイギリス、フランス、オランダの植民地を我が物にしようというのだ。

その日本が、インドにまで手を伸ばしてきた。

マレー半島、シンガポール、ビルマの陥落はやむを得なかったとしても、インドを明け渡すわけにはいかない。

インドは大英帝国の生命線であり、その喪失は国家の崩壊に直結する。

本国が重大な危機に陥っているにも関わらず、軍令部がイギリス海軍最強の戦艦を派遣したのも、インド死守の意志を示すものだ。

自分たちは、国王ジョージ六世陛下とイギリス国民、そして苦しい中から最新鋭の戦艦を割いてくれた軍令部の期待と信頼に応えなければならないのだ

――と、トーヴィーはあらたまった口調で部下たちに述べた。

「日本が『ナガト』『ムツ』の二隻を繰り出して来たことは、我々にとり、幸いかもしれません。あの両艦を撃沈すれば、日本の戦意を挫くと共に、国民の戦意を大いに高めることが可能です。我がロイヤル・ネイヴィーは、今なお七つの海の覇者《はしゃ》たり得《う》ることを、実績によって証明できるでしょう」

首席参謀リチャード・ホームズ大佐の発言を受け、ボールドウィン情報参謀が付け加えた。

「『ナガト』『ムツ』は一九二〇年に竣工して以来、交代で連合艦隊《コンバインド・フリート》の旗艦を務めています。指揮官先頭の伝統に則《のっと》り、連合艦隊司令長官が御自《おんみずか》ら陣頭指揮を執っているかもしれません」

「対馬《ツシマ》沖の海戦で、東郷《トーゴー》が陣頭指揮を執ったように、かね?」

トーヴィーの問いに、ボールドウィンは「イエス」と答えた。

(日本軍の指揮官がコンバインド・フリートの長官なら、この俺は、次期本国艦隊の司令長官だ。負けはせぬ)

腹の底で、トーヴィーは呟いた。

トーヴィーは艦船勤務が長い実戦派の指揮官として知られており、日本が参戦したときには、地中海艦隊の副司令長官の職にあった。

海軍省からは、イギリス本国艦隊の次期司令長官に任ずる旨、内示《ないじ》を受けていたが、日本の参戦とシンガポールの陥落という事態を受け、新編成のインド洋艦隊司令長官に任じられたのだ。

本国艦隊は、ロイヤル・ネイヴィーの中でも最精鋭であり、日本の連合艦隊などより格上《かくうえ》だ、とトーヴィーは信じて疑わない。

セイロン島沖での勝利を手土産《てみやげ》に、本国艦隊司令長官の座に就いてやる、とトーヴィーは野心を燃やしていた。

「山本五十六《イソロク・ヤマモト》という人物だったな、コンバインド・

フリートの指揮官は？」

トーヴィーはボールドウィンに確認を求めた。

「おっしゃる通りです。昨年五月、海軍次官から異動したと、在日大使館付武官からの報告にありました」

「どんな男だ？」

「主として、軍政畑を歩いて来た人物だということです。日本海軍の内部では、我が国やアメリカとの協調を訴え、ドイツ、イタリアとの同盟締結には反対していたとか。コンバインド・フリートの指揮官に任ぜられたのは、栄転というより、中央から遠ざけられたのではないか、と在日武官は推測しております」

「だとすれば、惜《お》しいことだな。そのような人物が海軍大臣の職に就いていれば、日本も道を誤らずに済んだかもしれぬ」

トーヴィーは、会ったことのない日本艦隊の指揮官に好感を覚えた。


だが、任務となれば別だ。

全力で「ナガト」と「ムツ」を撃沈し、日本艦隊をインド洋から追い払わなくてはならない。

「ヤマモトはトーゴーを見習い、陣頭指揮で我が艦隊を撃滅するつもりなのだろう。だが、ここはツシマ沖ではなくインド洋だ。我々ロイヤル・ネイヴィーのフィールドなのだ。大英帝国海軍は、ロシア海軍とは違うことを、ヤマモトに教えてやらねばなるまい」

第四章　ビッグ・セブン激突

1

空母「赤城」「加賀」の飛行甲板上に、エンジンの始動音が響いた。

中島「寿」四一型の暖気運転音が甲板を満たし、周囲の海面をもどよもした。

時刻は九時四〇分（現地時間六時一〇分）。

夜は既に明けており、各艦は陽光の下に姿を現している。

城郭《じょうかく》のようなどっしりした艦橋を持つ高雄《たかお》型重巡三隻、高雄型よりもスマートな艦橋を持ち、後部を航空兵装に充てた特異な艦容を持つ利根《とね》型重巡二隻、第二、第四両水雷戦隊の軽巡二隻と駆逐艦一九隻、そして第二航空戦隊の正規空母「蒼龍」「飛龍」と第一一駆逐隊の吹雪型駆逐艦三隻。

古賀峯一中将が率いる第二艦隊だ。

第二艦隊は昨日、第二航空戦隊の艦上機によって、セイロン島東岸のトリンコマリーを攻撃し、同地の飛行場を使用不能に陥れた後、第一艦隊と合流した。

そこで、妙高《みょうこう》型重巡四隻を擁する第五戦隊が第一艦隊に編入され、第一航空戦隊の「赤城」「加賀」と第一九駆逐隊が指揮下に入った。

東進して来る英艦隊との決戦には第一艦隊が臨《のぞ》み、第二艦隊は空母四隻の艦上機で、決戦場の制空権確保に当たるのだ。

空母の護衛に、重巡五隻と二個水雷戦隊が就いたのは、敵の水上部隊による空母への攻撃が考えられるためだ。

今年六月、盟邦ドイツの巡洋戦艦「シャルンホルスト」が、ノルウェー沖で英海軍の空母「グローリアス」を捕捉し、撃沈した戦例がある。

空母は、高速で火力が大きい巡洋戦艦、巡洋艦には弱い存在なのだ。

山本が第二艦隊に空母の護衛を命じたのは、英空母「グローリアス」の二《に》の舞《まい》を避けたいと考えてのことだった。

「搭乗員整列！」

「加賀」の飛行甲板に号令がかかった。

艦戦隊の搭乗員二五名が、令達台の前に立った。

昨日の第一次攻撃隊に参加した搭乗員一七名と、艦隊の直衛任務に就いた搭乗員八名だ。

長島育三飛行長が、令達台の上に立った。

「今日の任務は、第一艦隊の直衛だ。戦艦二隻を中心とする英国艦隊が東進しており、一〇〇〇《ヒトマルマルマル》（現地時間六時三〇分）から一〇三〇《ヒトマルサンマル》の間に、第一艦隊と戦闘に入ると予想される。一、二両航戦の艦戦隊は、戦場上空の制空権を確保し、味方観測機の護衛と敵観測機の掃討に当たる。各員は、油断することなく任務に当たって貰いたい。以上！」

「敬礼！」

号令と共に全員が敬礼し、長島が答礼を返す。

「かかれ！」

が命じられ、全員が踵を返し、暖機運転の音を立てている九六艦戦に向かって走る。

「昨日よりは楽が出来そうですな」

「加賀」艦戦隊第二小隊長の結城学中尉に、二番機に搭乗する高峯春夫一空曹が話しかけた。

昨日の戦闘を生き残った艦戦隊の約三分の二が一艦隊の直衛に当たり、残る三分の一は二艦隊の直衛に就く。
一、二両航戦を合わせ、七〇機以上の九六艦戦が第一艦隊の頭上を守る。
空中戦では、敵機の撃墜に専念すればよく、母艦から戦場までの距離は近い。弾切れ、あるいは燃料切れとなっても、すぐ母艦に戻ることができる。

昨日よりは、楽そうに感じられるが――。

「油断は禁物だ」

結城はそう言い渡して、自身の九六艦戦に駆け寄った。

気がかりなのは空母の存在だ。

開戦時、シンガポールにいたという「イーグル」

は搭載機数が少なく、恐れるに足りない相手だが、英本国から有力な空母が回航された可能性もある。

それを考えれば、安心はできなかった。

「エンジン快調。いつでも行けます」

結城の機体を担当した藤原猛夫《ふじわらたけお》一等整備兵曹が言った。

「ありがとうよ」

藤原に礼を言い、結城はコクピットに身を収めた。

九六艦戦は小さな機体であり、コクピットも狭苦《せまくる》しいが、搭乗したときには機体と一体になったような感覚を覚える。

手足の延長線上に機体があるというより、自身の肉体が機体に置き換わったようだ。

火力が七・七ミリ二丁と、非力なのが弱点だが、運動性能を十二分に活かせば、速度性能に勝る戦闘機にも対抗できる。

英軍がどんな戦闘機を繰り出して来ようが、叩き落としてやる——闘志を燃やしながら、結城は発進を待った。


「砲術より艦橋、マストらしきもの五……いや六。左二五度、三三〇《サンサンマル》（三万三〇〇〇メートル）！」

艦橋トップの射撃指揮所より、報告が上げられた。

連合艦隊旗艦兼第一艦隊旗艦「長門」の戦闘艦橋には、司令長官山本五十六大将以下の幕僚全員が参集している。

「長官！」

参謀長福留繁少将が、興奮を抑えきれない声で呼びかけた。

敵の陣容は、昨日のうちに判明している。

戦艦二隻、巡洋艦七隻、駆逐艦一二隻だ。

戦艦はネルソン級。

「長門」「陸奥」と並ぶ四〇センチ砲搭載艦だ。

日本側の陣容は、第一戦隊の戦艦「長門」「陸奥」、第三戦隊の高速戦艦「金剛《こんごう》」「榛名《はるな》」、第五戦隊の妙高型重巡四隻、第六戦隊の古鷹《ふるたか》型重巡二隻、そして第一、第三水雷戦隊の軽巡二隻と駆逐艦一九隻だ。

「世界のビッグ・セブン」に属する戦艦同士――帝国海軍の長門型と英国海軍のネルソン級が、砲火を交えようとしている。

海軍軍人であれば、誰しも胸を躍らせる戦いだ。冷静であるべき参謀長が興奮するのも無理はない。

山本の顔に、懊悩や躊躇はない。

内心は不明だが、今は英艦隊との決戦に集中すると決めたのだろう。

「無線封止《ふうし》解除！」

「合戦《かっせん》準備。昼戦《ちゅうせん》に備え！」

「第一、第二両航空戦隊に命令。『直衛機発進』」

「戦艦、巡洋艦は、観測機を発進させよ」

山本は、力強い声で複数の命令を発した。

通信参謀田村三郎中佐が「長門」の通信室に山本の命令を伝える。

第一、第二両航空戦隊に「直衛機発進」の命令が打電され、艦載機の射出音が艦橋に届く。

「長門」と姉妹艦の「陸奥」からは水上機三機ずつが、第三戦隊の高速戦艦「金剛」「榛名」と第五戦隊の妙高型重巡からは水上機二機ずつが、第六戦隊の古鷹型と水雷戦隊の旗艦を務める軽巡洋艦二隻からは水上機一機ずつが、それぞれ放たれる。

「長門」「陸奥」から発進したのは、零式水上偵察機一機と零式観測機二機ずつだ。

どちらも、今年――昭和一五年に制式採用されたばかりの最新鋭機だった。

（長官は、水上砲戦を選ばれるのか）

遠くなってゆく水上機の爆音を聞きながら、日高は呟いた。

昨日――七月一四日、英国艦隊が発見されたとき、第一艦隊との間には二六〇浬の距離があった。

このとき日高は、

「空母の艦上機で、英艦隊を叩いてはいかがでしょうか？」

と具申した。

英戦艦二隻のうち、一隻だけでも仕留めるか、行動不能に追い込めれば、以後の戦闘を有利に運ぶことが可能だ。

航空機で戦艦を沈めることは、実験上は可能であると証明されている。

大正一〇年、米国陸軍大佐ウィリアム・ミッチェルの主導によって行われた、戦艦に対する大規模な爆撃実験の結果、航空機が戦艦を撃沈し得ることが実証されたのだ。

ただし、実戦における事例はない。

米海軍は、ミッチェル大佐の実験について、

「回避運動も、対空戦闘も行わず、被弾箇所への応急処置も行われない無人の戦艦を撃沈しても、『航空機が戦艦を撃沈し得る』との証明にはならない」

との結論を出している。

「実戦の場で、航空機が戦艦に勝てることを証明する好機《こうき》だ」

と、日高は考えたのだ。

だが、参謀長以下の司令部幕僚に、日高の主張を支持する者はいなかった。

福留参謀長は「馬鹿な！」の一言で一蹴《いっしゅう》し、佐薙穀作戦参謀も、

「米国海軍が実験によって沈めた『オストフリースラント』(前大戦終了後、米国に接収されたドイツ戦艦)は、前大戦以前に竣工した旧式艦だ。ネルソン級とは防御力が違う」

と主張した。

「ネルソン級は確かに英海軍最強の戦艦ですが、我が方の艦上機も新しくなっています。攻撃力は、ミッチェル大佐が実験に使用したマーチン爆撃機とは比較になりません。仮にネルソン級を沈められなくとも、爆撃で損傷させ、攻撃力を低下させることはできます」

日高は食い下がったが、

「そのような策を用いて勝ったとしても、真の勝利

とは言えぬ」

福留は、強い語調で反論した。

軍令の本流を歩み、「長門」の艦長を務めた経験を持つ福留には、「英国海軍最強の戦艦は、日本海軍最強の戦艦をもって、正面から堂々と打ち破りたい」との望みがあったようだ。

航空機の力を借りるのは、卑怯《ひきょう》とは言わぬまでも、邪道《じゃどう》と考えていたのかもしれない。

最終的には、山本が断を下した。

「英艦隊とは、水上砲戦で決着を付ける。航空攻撃の有効性は私も認めるが、攻撃が中途半端《ちゅうとはんぱ》に終わり、敵を手負《てお》いにした場合、英艦隊は決戦を避け、退却してしまうかもしれない。そうなれば、英艦隊の脅威が後々まで残る。今後のことを考えれば、この場で完全決着をつけるべきだろう」

というのが、山本の判断だった。

山本は、帝国海軍の中でも航空主兵思想の持ち主として知られ、

「これからは戦艦に代わって、空母と航空機が海軍の主力となる時代が来る」

と公言してはばからない。

その山本も、航空攻撃だけで戦艦を沈められるのかどうか、自信が持てなかったのかもしれない。

とまれ、方針は決定した。

山本は、持論である航空主兵主義を実証するよりも、伝統的な水上砲戦によって、英国艦隊と雌雄《しゆう》を決する道を選んだのだ。

「砲術より艦橋。敵隊列の後方に大型艦二隻！」

「来たか」

射撃指揮所より新たな報告を受け、福留が「長門」艦長徳永栄大佐にちらと視線を投げた。

できることなら、場所を代わりたい。自分が「長門」の艦長を務めていたときに、この海戦が生起しなかったことが残念だ――そんな考えが見て取れた。

「敵艦隊上空に機影多数！」

今度は、艦橋見張り員が新たな報告を上げた。

「観測機だろう」

福留が、さほど問題としていないような口調で言ったが、

「違います！」

日高は双眼鏡を敵艦隊上空に向け、敵の意図を悟った。

敵機は速力を上げ、日本艦隊に接近して来る。

弾着観測用の水上機ではない。機首が尖った、鋭角的な機体だ。

日高は、切迫した声で叫んだ。

「あれは戦闘機です。観測機を避退させて下さい！」

「発艦始め」の号令は、すぐにはかからなかった。

長島飛行長は、艦橋の後ろにある発着艦指揮所に陣取り、いつでも号令をかけられるよう準備しているが、「加賀」は艦首を風上に向ける様子がない。


海軍時計の針が一〇時（現地時間六時三〇分）を回ったとき、周囲の海面から爆発音が届いた。

「何だ？」

結城は座席から腰を浮かせ、頭をコクピットの外に突き出した。

上空を見渡し、敵機の姿を追い求めた。

英軍機が奇襲をかけ、爆弾を投下したのかと思ったのだ。

結城だけではない。二番機の高峯一空曹、三番機の町田三空曹も、「赤城」の艦戦隊搭乗員も、頭をコクピットの上に突き出し、上空を見回している。

「あれは爆雷《ばくらい》の音です！」

藤原が叫んだ。

結城は、視線を海面に転じた。

右舷側の海面で、駆逐艦が動いている。

時折、海面が大きく盛り上がり、弾け、炸裂音が伝わって来る。

「潜水艦か！」

結城は、ようやく状況を悟った。

潜水艦が忍び寄っており、海面下から雷撃の機会を狙っていたのだ。

「まずい……」

結城は唸《うな》り声を発した。

艦上機の発艦時、空母は風上に向かって直進するため、潜水艦にとっては格好の雷撃目標になる。

さりとて回避運動を行っていては発艦できない。

このままでは、一艦隊と英艦隊の戦闘が始まってしまう。

結城は、発着艦指揮所に視線を転じた。

長島飛行長は、艦内電話をかけている。艦長と、やり取りをしているようだ。

今一度、右舷側の海面を見る。

爆雷攻撃は、まだ続いている。

対潜戦に参加した駆逐艦が増えたようだ。

駆逐艦だけではない。水上機までが海面すれすれの低空を飛び回っている。

(早く仕留めてくれ。早く、早く)

結城は、心中で駆逐艦と水上機を応援した。

できることなら、自ら九六艦戦を駆って応援に行きたいところだが、九六艦戦に対潜用の兵装はない。

そもそも潜水艦の撃沈を確認しなければ、安心して発艦できない。

空に上がれば、縦横無尽《じゅうおうむじん》に飛び回り、空中戦を繰り広げる戦闘機乗りも、空母の甲板上では無力だ。

突然、新たな炸裂音が届いた。

「やったか⁉」

結城は、思わず身を乗り出した。

駆逐艦か水上機が、敵潜水艦を仕留めたかと思ったのだ。

そうではないことは、すぐにはっきりした。

空母の周囲を固める巡洋艦、駆逐艦の艦上に、褐《かっ》色《しょく》の砲煙が漂っている。

発砲しているのだ。

「まさか……」

不吉な予感を覚え、結城は目を凝《こ》らした。

複数の機影が、視界に飛び込んだ。

九四式水上偵察機や零式観測機と同じ複葉機《ふくようき》だが、フロートはない。空母か陸上の基地から発進したと思われる機体だ。

結城は、敵機の機名を叫んだ。

「ソードフィッシュだ！　英軍の艦攻だ！」

「上空の観測機に命令。『後方ニ避退セヨ』！」

「長門」の艦橋に、山本の命令が響いた。

声から、冷静さが失われている。

敵は、日本側の観測機を掃討しようとしている。

観測機が全滅するようなことになれば、第一艦隊は弾着観測ができず、不利な戦闘を強いられる。

状況の深刻さを、山本は認識したのだ。

観測機の搭乗員は危険を悟ったのだろう、命令を受けるよりも早く避退に移った。

右、あるいは左に旋回して敵に背を向け、エンジン・スロットルを開き、後方へと避退する。

(敵も空母を伴っていたのか)

日高は状況を悟った。

索敵機が報告した敵艦隊の編成に、空母は入っていなかった。

索敵機の搭乗員は、戦艦を中心とする艦隊を発見しただけで「任務は完了した」と判断し、引き上げたのだろう。そのために、別行動を取っていた空母を見逃したのだ。

「一、二航戦は何をやっている！」

福留が、苛立ったような声で叫んだ。

第一、第二両航空戦隊が展開しているのは、第一艦隊の後方四〇浬。戦闘機なら、一〇分程度で飛んで来られる距離だ。

未だに姿を見せないとは、どういうことか。

「一航戦司令部より緊急信！」

通信室と連絡を取っていた田村三郎通信参謀が、

泡を食ったような声で叫んだ。

「『我、敵機ノ攻撃ヲ受ク。艦上機ノ発進不能』であります！」

　このとき、セイロン島コロンボの南西海上には、空母二隻を中心とした小規模な艦隊が展開している。

　空母の一隻は、ずんぐりとした形状だ。

　全長は二〇三・五メートルと短めだが、バルジを含めた最大幅は三二メートル。日本海軍の「赤城」や「加賀」に、ほぼ匹敵《ひってき》する。

　特筆すべきは、右舷側の上部構造物だ。

　二本の煙突と艦橋が一体化し、前後に長い。前部には、巨大な三脚檣《さんきゃくしょう》が設けられている。

　上部構造物だけを見れば、戦艦と比べても遜色ないヴォリュームを持つ。

　元々は、チリから発注を受けて建造中だった戦艦を、途中から空母に艦種変更し、前大戦終了後の一九二四年に完成した艦だ。

　航空母艦「イーグル」。猛禽《もうきん》の名を持つ艦が、熱帯圏の強い日差しの下に、その勇姿を浮かべている。

　もう一隻の空母は、上部構造物が大きいという点では「イーグル」と共通しているが、全体のヴォリュームは「イーグル」より小さい。「イーグル」の従者のような艦だ。

　軽空母「ハーミーズ」。

　航空機輸送のため、セイロン島に派遣された艦が、インド洋艦隊の指揮下に入り、日本艦隊の迎撃に参加することになったのだ。

　現地時間の六時五七分、「イーグル」「ハーミーズ」の通信室に一通の報告電が入った。

「ピーター・パンはフック船長を捉えた《ピーター・パン・ゴット・キャプテン・フック》」

と伝えている。

「オーケイ！」

「イーグル」艦長クレメント・ムーディ大佐は、右手の拳を打ち振った。

昨年一二月に日本が参戦したとき、「イーグル」は東洋艦隊の一艦としてシンガポールにいた。

本国の軍令部は対独開戦後、同艦を呼び戻すつもりだったようだが、日本が参戦した場合に備えて、シンガポールに留め置かれたのだ。

日本軍がフランス領インドシナに侵攻して来たとき、東洋艦隊は日本艦隊と戦うつもりで出撃準備を進めていたが、本国の軍令部より、

「東洋艦隊はセイロン島に後退し、東インド艦隊に合流せよ」

との命令が届いたため、シンガポールからトリンコマリーに移動した。

東洋艦隊の戦力は「イーグル」の他、巡洋艦四隻、駆逐艦一〇隻、潜水艦一五隻だけであり、強大な日本艦隊に抗すべくもない。

軍令部は、戦力の温存策を採ったのだ。

その後、本国からの増援部隊と東インド艦隊、東洋艦隊を合わせてインド洋艦隊が編成されたが、戦力面ではなお日本艦隊に見劣《みおと》りした。

戦艦は、大英帝国海軍最強の「ネルソン」「ロドネイ」を揃えたが、空母は「イーグル」「ハーミーズ」と、本国から送り込まれた「フューリアス」だけだ。

いずれも搭載機数は少なく、正規空母の半分から三分の一程度しかない。

一方、日本艦隊は四隻の正規空母を擁している。

空母同士の戦闘になれば、到底勝算はない。

そこでインド洋艦隊は、奇策を採った。

「フューリアス」は、インド洋艦隊本隊の後方に展開させ、艦隊戦時の制空権確保に当たらせる。

「イーグル」「ハーミーズ」は別働隊として、セイロン島付近に展開し、日本軍の空母に奇襲をかけるのだ。

成功すれば、敵空母が艦上機を発進させる前に叩ける。

「イーグル」「ハーミーズ」はこの作戦方針に従い、護衛の駆逐艦六隻と共に、セイロン島の北東海上で

イギリス海軍 航空母艦「イーグル」

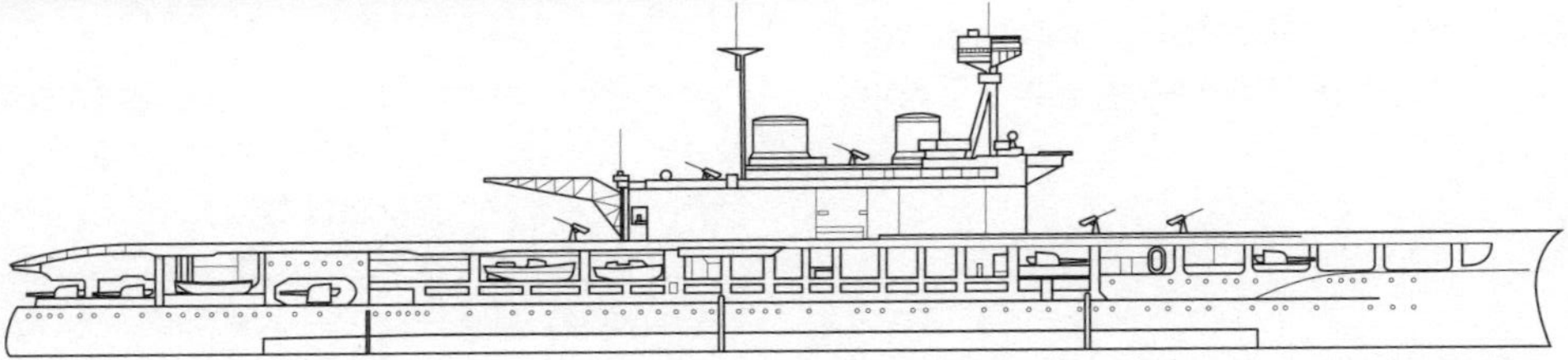

全長	203.5m
最大幅	35.1m
基準排水量	21,600トン
主機	ブラウン・カーチス式タービン 2基／4軸
出力	50,000馬力
速力	21.0ノット
兵装	15.2cm 45口径 単装速射砲 9門
	10.2cm 45口径 単装高角砲 5門
	4.7cm 単装高角砲 4門
	12.7cm 4連装機銃 3基 12丁
	53.3cm 3連装魚雷発射管 2基
航空兵装	24機
乗員数	834名
同型艦	なし

イギリス海軍の航空母艦。チリ海軍向けにイギリスで建造していた戦艦を、欧州大戦勃発に伴いイギリス海軍が買収、空母に改造した。「島型艦橋」と呼ばれる、艦橋と煙突をまとめた大型の構造物を最初に採用した艦である。島型艦橋の後部には、水上機の運用のため、大型のクレーンが配置されている。艦橋の上には三脚檣が立てられ、頂上部には射撃方位盤室を兼ねた見張り台が設けられている。

空母による艦上機の運用方法が確立していない時期の設計であるため、現在の空母と比較すると改善点も多いが、すでにドイツと交戦状態にあるイギリス海軍にあっては貴重な戦力である。

待機した。

昨日、トリンコマリーが空襲を受けた時には、セイロン島の北側に隠れ、日本機をやり過ごした。

この日――七月一五日早朝、「イーグル」「ハーミーズ」は好機を摑んだ。

友軍の潜水艦が、日本軍の空母部隊を発見し、位置を報せて来たのだ。

別働隊は、まだ日本艦隊に発見されていない。今なら、一方的に叩ける。

ムーディは、「イーグル」「ハーミーズ」の搭載機三三機のうち、フェアリー・ソードフィッシュ二三機を発進させ、日本艦隊に向かわせた。

ソードフィッシュは複葉羽布《はふ》張りの機体で、最大時速は二二四キロしか出せない。

敵戦闘機に発見されたら、ひとたまりもなく撃墜される。

だが、発見され難《にく》い低空から日本艦隊に接近すれば勝機はある。

一見、無謀《むぼう》と思える作戦だが、ムーディはソードフィッシュ・クルーの技量に、全てを賭けた。

その賭けは図に当たり、二三機のソードフィッシュは、日本軍の空母を捕捉したのだ。

搭載機数二〇機そこその旧式空母二隻が、正規空母を撃沈すれば、ロイヤル・ネイヴィーの歴史を彩る一大快事《かいじ》となる。

ムーディは、二三機のソードフィッシュに呼びかけた。

「フック船長を鰐《クロコダイル》の腹の中に突き落として見せてくれ、『ピーター・パン』」

2

「長官、一旦敵と距離を置きましょう！」

福留繁参謀長が、強い語調で山本五十六連合艦隊司令長官に具申した。

「しかし、敵を目の前にして……」

山本は、躊躇の姿勢を見せた。

第一艦隊は針路を〇度に取っている。

東進してくる英艦隊に対し、丁字《ていじ》を描く格好だ。

しかも戦艦の数は四対二と、優位に立っている。

全主砲を集中して、敵を殲滅《せんめつ》できる態勢だが——。

「観測機がなければ、弾着修正ができません。今、砲戦を開始しても、命中は望めません」

福留は、焦慮《しょうりょ》をあらわにして訴えた。

観測機が敵戦闘機に追い散らされては、「長門」以下の四戦艦は命中率を確保できない。

長年、帝国海軍の象徴として国民に親しまれた「長門」「陸奥」に無様《ぶざま》な戦《いくさ》はさせたくない、と福留は言いたいようだった。

「一、三戦隊、針路四五度。敵戦艦と距離を置く！」

山本は意を決したように、重々しい声で言った。

福留の具申を、全面的に容れたのだ。

「五、六戦隊目標、敵巡洋艦。一水戦目標、敵駆逐艦。三水戦は一、三戦隊の周囲に展開」

「三水戦は一、三戦隊に続け」

山本は、矢継《やつ》ぎ早《ばや》に命令を下している。

敵の巡洋艦、駆逐艦は、五、六戦隊の妙高型重巡、古鷹型重巡と三個駆逐隊一二隻の駆逐艦を擁する一水戦で牽制し、第三水雷戦隊は敵駆逐艦の突撃に備えて、一、三戦隊の直衛に付かせるのだ。

「長門」の通信室から命令電が飛び、第一艦隊が大きく動き始める。

「面舵一杯。針路四五度！」

「『陸奥』『金剛』『榛名』に信号。『我ニ続ケ』」

「長門」艦長徳永栄大佐が、航海長江崎啓太郎《えさきけいたろう》中佐と信号長島本安秀《しまもとやすひで》兵曹長に命じる。

「面舵一杯。針路四五度！」

江崎が操舵室に下令するが、「長門」はすぐには艦首を振らない。

全長二二四・九メートル、最大幅三四・六メートル、基準排水量三万九一三〇トン、帝国海軍の軍艦の中で最も重い鋼鉄製の巨体は、直進を続けている。

巡洋艦、駆逐艦が動く。

順次取舵を切り、戦艦四隻の近くから離れ、敵艦隊に向かってゆく。

（さすがは参謀長だ）

日高俊雄航空参謀は、賛嘆の思いを込めて福留を見つめている。

福留は航海術の専門家であり、多数の艦で航海長を歴任すると共に、艦隊の運用についても学んで来た。少佐任官後は軍令部での勤務が長く、作戦研究にも従事した。

その経験から、「ここは敵と距離を置いた方がよい」と判断し、山本に具申したのだ。

連合艦隊初の航空参謀となった日高とは、何かと意見の対立が多い福留だが、艦隊の運用術については実力を認めないわけにはいかなかった。

舵が利き始め、「長門」が艦首を右に振った。

英艦隊は、発砲する様子を見せない。

主力となるネルソン級戦艦は、四〇センチ三連装砲塔三基を前部に集中しており、全主砲を前方に向けて発射できるが、今は沈黙を保っている。

この距離で撃っても当たらないと考えてのことかもしれない。

「しかし、一、二航戦が何故空襲を受ける？　セイロン島の敵飛行場は、潰したはずじゃないのか？」

「英艦隊は、空母を伴っている可能性があります」

理解し難い、と言いたげな黒島亀人首席参謀に、日高は言った。

「空母だと？」

「開戦時、シンガポールに空母が駐留していたことが確認されていますし、本国から空母が増援された可能性も考えられます。それらが本隊とは別行動を取り、一、二航戦を攻撃したのかもしれません」

「だとすれば、重大な見落としではないか」

黒島は、怒声《どせい》を放った。

一航戦司令官の小沢治三郎少将や二航戦司令官の戸塚道太郎《とづかみちたろう》少将は何をやっていたのか、と言いたげだった。

「今は、状況の打開が先だ」

　山本がたしなめるような口調で言い、日高に顔を向けた。

「一、二航戦は、空襲を切り抜けられると思うかね？」

「空襲の規模が不明ですので、はっきりしたことは申し上げられませんが、空母一隻程度の空襲なら切り抜けられると考えます」

　日高は答えた。
　一、二航戦が擁する空母四隻が、空母一隻分の艦上機に討ち取られるとは考え難い。
　一航戦司令部が「艦上機ノ発進不能」と打電して来たことは気がかりだが——。

「空襲は、一〇分程度で終わります。それからすぐに艦戦隊を発艦させたとして、一艦隊の上空には、一〇分程度で到達できます」

「合計二〇分として、一〇三〇《ヒトマルサンマル》（現地時間七時）まで待てばよいということだな」

　山本は、壁の時計を見上げて言った。

　現在の時刻は一〇時一〇分。

　二〇分後には、一、二航戦の直衛機がやって来る。

　それまで粘ればよいのだ——幕僚たちに向けた山本の顔には、その意が込められていた。

「砲術より艦橋、敵艦隊増速！」

　射撃指揮所より報告が上げられた。

　英艦隊は、「長門」以下の戦艦四隻が距離を置こうとしていることに気づき、速力を上げたのだ。

「闘志満々ですな、敵の指揮官は」

「それが、英海軍の英海軍たる所以《ゆえん》だ。そうでなければ、明治の先達が師と仰《あお》いだりはせぬ」

　福留の一言を受け、山本が言った。

　日高は、敵の艦影——特に、主力であるネルソン級戦艦を見据えた。

　敵艦隊が増速し、距離を詰めようとしているためだろう、艦影が僅かに拡大したようだ。

「大英帝国海軍は、いかなる敵にも後ろを見せない。一六世紀のスペイン無敵艦隊《アルマダ》との海戦でも、一九世紀のトラファルガー海戦でも、優勢な敵に挑み、打ち勝ってきた。見敵必戦《けんてきひっせん》の精神は、二〇世紀の海軍にも受け継がれている」

そんな意志を感じさせる動きだ。

（英国の最も偉大な提督《ていとく》の名を冠した戦艦だ。怯《きょう》懦《だ》な振る舞いはできないということか）

敵の指揮官の考えを、日高は推測した。

「砲術、敵戦艦との距離は？」

「三〇〇《サンマルマル》（三万メートル）！」

徳永「長門」艦長の命令に、砲術長鶴見《つるみ》玄《げん》中佐が報告を返す。

「まだ、大丈夫だな」

黒島の呟く声が、日高の耳に入った。

三万メートルは四〇センチ砲の最大射程ぎりぎりだ。

この距離で撃っても、まず当たることはない。

英艦隊の指揮官もそのことは分かっているのだろう、二隻のネルソン級は沈黙したままだ。

「五、六戦隊、撃ち方始めました！」

艦橋見張り員が報告を上げた。

左舷側に、褐色の砲煙が見える。

五、六戦隊の重巡六隻が、英軍の巡洋艦部隊に砲撃を開始したのだ。

敵の隊列の中にも、赤い光が明滅している。

遠雷のような砲声が急速に数を増し、太鼓を乱打するような響きに変わってゆく。

「敵距離二九〇《フタキュウマル》（二万九〇〇〇メートル）！」

鶴見砲術長が報告する。

第一、第三戦隊は針路を四五度に取っているため、英戦艦二隻との相対位置が大きく変わっている。

遭遇したときには、英戦艦を左前方に見る格好だったが、現在は左後方に移動している。

「長官、一三五度に変針しましょう。敵から遠ざかりつつ、丁字を維持します」

「危険ではないか？」

福留の具申に対し、山本が聞いた。

回頭中は速力が大幅に低下するため、被弾確率が高くなる。

日露戦争時の東郷平八郎連合艦隊司令長官は、その危険を承知の上で、敵前大回頭を行い、ロシア・バルチック艦隊の頭を塞《ふさ》いだが、同様の策が英艦隊に通じるものか。

「まだ、決戦距離ではありません。この距離で敵が発砲しても、まず当たりません」

「よし、一、三戦隊、針路一三五度！」

福留の言葉を受け、山本は下令した。

「面舵一杯。針路一三五度！」

「後続艦に信号。『我ニ続ケ』！」

「主砲、右砲戦！」

徳永が江崎航海長、島本信号長、鶴見砲術長に命じる。

「面舵一杯。針路一三五度！」

江崎が、大音声《だいおんじょう》で操舵室に下令する。

「長門」の舵は、すぐには利かない。

基準排水量が四万トンに迫る巨体は、直進を続けている。

左舷後方には、英戦艦二隻の艦影が見える。

三万メートル近い距離があるため、艦の様子まではっきり分からない。

だが、ネルソン級戦艦の艦影は、連合艦隊司令部の誰もが脳裏に焼き付けている。

三基の巨大な三連装四〇センチ主砲塔が艦の中央を占め、艦橋、煙突、後部指揮所といった上部構造物を、全て後部に集中した特異な姿は、一目見れば忘れられないものだ。

航空の知識を買われて連合艦隊の参謀に迎えられた日高も例外ではない。

二隻のネルソン級戦艦が、遠距離から「長門」「陸奥」を狙い撃つべく、九門の四〇センチ主砲に大仰角《ぎょうかく》をかけている様が、日高の脳裏に浮かんだ。

「長門」が、艦首を右に大きく振った。

左舷後方に見えていた敵の艦影や、第五、第六戦隊の砲煙が、艦橋の死角に隠れた。

「後部見張りより艦橋。『陸奥』面舵。『金剛』『榛名』面舵！」

後続艦の動きが、戦闘艦橋に報告される。

後方の艦は直接目視できないため、全体の動きの把握には、見張り員の報告が不可欠だ。

四隻の戦艦は、「長門」を先頭に、時計回りの円弧を描き、敵艦に右舷側を向けてゆく。

これまで左舷側に向けられていた主砲塔が右舷側に旋回し、太く長い砲身が俯仰《ふぎょう》する。

いろは歌留多《かるた》に「日本の誇り」と謳《うた》われ、竣工以来帝国海軍の象徴として君臨して来た戦艦が、全主砲を発砲できる態勢を保ちつつ、針路を南東へと向けてゆく。

右舷前方に、五、六戦隊と英軍の巡洋艦が撃ち合う砲煙が見え始めた。

二隻のネルソン級も、視界に入って来た。

まだ距離が遠く、遠方の小さな点にしか見えないが、回頭前に比べて大きさが増したように思えた。

「両舷前進全速！」

艦が直進に戻ると同時に、徳永が機関室に下令した。

機関音が高まり、回頭によって低下した速力が、再び上がり始めた。

「砲術、敵との距離は？」

「二八〇《フタハチマル》（二万八〇〇〇メートル）！」

徳永の問いに、鶴見が即答した。

「後部見張りより艦橋。『陸奥』直進に戻りました。増速します！」

新たな報告が届いた直後、右舷側の海面に、褐色の砲煙が立ち上る様が遠望された。

「砲術より艦橋。敵一番艦発砲。続いて二番艦！」

鶴見が、緊張した声で報告を上げた。

敵の指揮官は、発砲に踏み切ったのだ。距離が三万を切ったのであれば、命中弾が得られると考えてのことかもしれない。

「参謀長、反撃を！」

「まだだ」

黒島の具申を、福留は言下に却下した。

「観測機抜きでは、射撃精度を得られぬ。艦戦が駆け付けて来るまで待て」

「ですが！」

「本艦や『陸奥』が、すぐに直撃弾を受けることもなかろう」

福留と黒島が言葉を交わしている間に、敵弾の飛翔音が聞こえ始める。

途方もなく巨大で重量のあるものが、頭上からしかかって来るような威圧感だ。

「長門」の周囲の大気が激しく鳴動し、艦そのものが揺さぶられているような気がする。

轟音は「長門」の頭上を、右から左に通過した。

直後、艦の左舷側海面が大きく盛り上がり、複数の白い海水の柱が、天空に向けて突き上がった。

水柱は、視界に入るものだけでも五本を数える。うち二本は、艦首と第一砲塔の左脇にそそり立っている。

爆圧が、艦底部から伝わって来た。

「長門」の巨体を揺さぶるほどではないが、衝撃の大きさをうかがわせた。

（こいつが巨弾の弾着か）

日高は、内心で唸り声を上げた。

江田島卒業後、航空一筋の道を歩んだ身であり、戦艦に乗ることは眼中《がんちゅう》になかった。

空母の飛行長や艦長に任じられる可能性は考えても、連合艦隊の司令部幕僚として、艦隊決戦に臨む可能性など、頭に浮かんだことすらなかったのだ。

その自分が「長門」の艦上で、「長門」と並ぶビッグ・セブンの一艦――英国のネルソン級戦艦から、四〇センチ主砲九門の砲撃を浴びている。

「海軍航空に我が身を捧げる」と決めたときには、

想像もしていなかった未来だ。

「長門」の後方からも、弾着の水音や水中爆発の音が聞こえて来る。

「後部見張りより艦橋。本艦と『陸奥』の中間海面に弾着。『陸奥』に直撃弾なし」

「敵艦、第二斉射!」

後部指揮所に続いて、射撃指揮所から報告が送られる。

鶴見砲術長の声には、焦慮が感じられる。

一方的に撃たれるままでいいのか。主砲を撃たせてくれ――そんな思いが感じられた。

「艦戦はまだ来ぬのか⁉」

福留が日高に顔を向け、苛立ったように怒鳴った。

「あと一〇分ほどで到着すると思われます」

日高は、海軍時計を見てから返答した。

時刻は一〇時二〇分を回ったところだ。艦戦隊到着の予想時刻まで、一〇分を切っている。

「焦るな、参謀長。艦戦隊は必ず来る」

山本が言った。一、二航戦に対する信頼を感じさせる声だった。

敵弾の飛翔音が、再び迫る。

四〇センチ砲弾の重量は約一トン。それが九発まとまって、二万八〇〇〇メートルの距離を一飛びして来るのだ。

熱帯圏の大気が、激しく鳴動した。

今度は全弾が、「長門」の右舷側海面に落下した。

弾着と同時に、奔騰する水柱が巨大な海水の壁を形成し、しばし「長門」の視界を遮った。

凄みを感じさせる光景だが、爆圧はさほどでもない。弾着位置は、第一斉射より遠いようだ。

福留が睨んだ通り、二万八〇〇〇メートルの遠距離では、射撃精度を確保できないのかもしれない。

水柱が崩れ、「長門」の視界が開けたとき、敵二番艦の射弾が落下した。

「敵弾、『陸奥』の後方に落下!」

「『陸奥』より信号。『我、被弾ナシ』」

二つの報告が、艦橋に上げられる。

これで、敵の狙いがはっきりした。

敵一番艦が「長門」を、二番艦が「陸奥」を、それぞれ目標としているのだ。

彼方の海面に新たな砲煙が湧き出し、しばし敵艦の姿を隠す。

ネルソン級二隻は、この日三度目の斉射を放ったのだ。

みたび、巨弾が轟音を上げて飛来する。

第二斉射と同じく、全弾が「長門」の右舷側に落下し、奔騰する水柱が敵戦艦二隻の姿を隠す。

弾着位置は、第二斉射より近い。

爆圧が艦底部を突き上げ、艦が僅かに、左舷側にのけぞったように感じられる。

「機関部に異常はないか？」

徳永が、機関長宇野照義《うのてるよし》中佐を呼び出した。

至近弾の爆圧は艦底部を痛めつけ、浸水を発生させたり、缶《かま》やタービンを損傷させたりすることがある。

「直撃弾よりも、至近弾の方が恐ろしい」

と言う艦長や機関長もいるほどだ。

「異常なし。全力発揮可能！」

宇野が、落ち着いた声で報告する。

何があろうと、「長門」の心臓は最後まで自分たちが預かる——そんな強い意志と、「長門」の機関部には誰よりも精通《せいつう》しているとの自信を感じさせた。

この間に後部指揮所から、

「『陸奥』の左舷側に弾着。『陸奥』に異常なし」

との報告が上げられる。

「三振《さんしん》か。野球ならバッターアウトだな」

佐薙が笑いを含んだ声で言った。

「ネルソン」「ロドネイ」に、三回空振りを繰り返させ、合計五四発の四〇センチ砲弾を浪費させたことで、精神に余裕が出て来たのかもしれない。

第四斉射は、すぐには来なかった。

二隻の敵戦艦は、しばし沈黙している。

これ以上空振りを繰り返せば、弾切れになると警戒したのかもしれない。

「少し、時間を稼げるな」

山本が幕僚たちに向き直り、微笑した。

「長門」は後方に三隻の戦艦を従え、最大戦速で南東に向かってゆく。

敵戦艦の前方二万八〇〇〇メートルを、斜めに横切る格好だ。

ネルソン級二隻の艦影が、右前方から右正横、右後方へと移動してゆく。

ネルソン級から南に離れた海面では、さかんに発射炎が閃き、褐色の砲煙が湧き出している。
五、六戦隊の重巡六隻と第一水雷戦隊が、敵の巡洋艦、駆逐艦と渡り合っているのだ。
味方の巡洋艦、駆逐艦は、敵の巡洋艦、駆逐艦を牽制しているが、二隻の敵戦艦に雷撃戦を挑む余裕もないようだった。

「敵一番艦発砲！　続いて二番艦！」

後部指揮所から、新たな報告が届いた。

今度の敵弾は、「長門」「陸奥」には来なかった。

「『金剛』の右舷付近に弾着！　至近弾一！」

「『榛名』の後方に弾着！」

後部指揮所より、報告が上げられた。

「しまった！」

山本が小さく叫んだ。

二隻の英戦艦は、相対位置が変わったため、照準を付け易くなった「金剛」「榛名」を狙ったのだ。

両艦は三六センチ砲装備の高速戦艦であり、防御力は弱い。

ネルソン級の四〇センチ砲弾が命中したら、ひとたまりもない。

「一、三戦隊、針路四五度！」

「それは危険です、長官！」

山本の命令に、福留が異を唱えた。

回頭すれば速力が大幅に低下する。加えて、「長門」「陸奥」が再び敵戦艦の正面に横腹をさらすことになり、直撃弾を受ける危険が増大する。

　山本は、命令を撤回しなかった。

「一、三戦隊、針路四五度。急げ」

　重ねて、命令を発した。

「取舵一杯。針路四五度」

「後続艦に信号。『戦隊針路四五度。我ニ続ケ』」

「主砲、左砲戦」

　徳永が、三つの命令を矢継ぎ早に発する。

「取舵一杯。針路四五度！」

　江崎が操舵室に、変針命令を伝える。

（あと少しだ）

　時計を見て、日高は呟いた。

　時刻は一〇時二六分。艦戦隊の来援《らいえん》予想時刻までは四分だ。

　戦闘機隊が到着し、戦場上空の制空権を握れば、第一、第三戦隊も砲撃に踏み切れる。

　それまでは、沈没艦、損傷艦を一隻も出すことなく切り抜けたいと、山本は考えているのだろう。


　しばし、二五ノットでの直進が続く。

　舵の利きを待つ間、「金剛」「榛名」が二度目の砲撃を受ける。

　後部指揮所は、両艦に至近弾一発ずつがあった旨を報告するが、直撃弾はない。

　敵戦艦が新たな射弾を放った直後、「長門」の舵が利き始め、艦首が大きく左に振られた。

　右後方に見えていた二隻のネルソン級が、死角に消える。

　回頭に伴い、「金剛」「榛名」が左舷後方から見え始める。

　直後、両艦の左舷側海面に多数の水柱が奔騰した。

　日高は、思わず息を呑んだ。

「金剛」「榛名」とも、姿が全く見えない。白い海水の壁が、両艦を完全に隠している。

　基準排水量が三万トンを超える高速戦艦二隻が、神隠《かみかく》しに遭《あ》ったかのように消えた。

「こ、『金剛』『榛名』轟沈《ごうちん》！」

艦橋見張り員が震え声で叫んだが、

「慌《あわ》てるな。両艦とも健在だ」

徳永がたしなめるように言った。

水柱が崩れ、「金剛」「榛名」が姿を現す。

敵弾は、両艦の頭上を飛び越えた。左舷側海面に噴き上がった水柱が、二隻を隠したのだ。

後続艦が死角に消え、左舷前方に二隻のネルソン級が見え始める。

「砲術、敵との距離は？」

「二六〇《フタロクマル》（二万六〇〇〇メートル）！」

鶴見砲術長が、徳永の問いに即答する。

その声に反応したかのように、敵戦艦の艦上に砲煙が湧き出した。

「長門」「陸奥」を狙ったのか、「金剛」「榛名」を狙ったのかは、まだ分からない。

敵の標的がどの艦であれ、距離が詰まった分、弾着までの時間も短いはずだ。

「両舷前進全速！」

艦が直進に戻ると同時に、徳永は宇野機関長に下令した。

機関の唸りが高まり、回頭に伴って低下した速力が再び上がった。

鋭い艦首が海面を断ち割り、激しい飛沫が上がる。基準排水量三万九一三〇トンの巨体が、速力を上げてゆく。

敵弾が、大気を激しく震わせながら飛来した。

弾着の瞬間、「長門」の艦尾から突き上げられるような衝撃が伝わり、艦が前方にのめった。

幕僚たちの何人かは大きくよろめき、海図台に摑まって身体を支える者もいた。

弾着の水柱は視認できないが、何が起きたのかは分かっている。

「長門」を狙った敵弾は、艦尾付近に落下し、爆圧が艦尾艦底部を突き上げたのだ。

「機関長、異常はないか？」

「ありません！」

徳永の問いに、宇野機関長が気丈《きじょう》に答える。

「『陸奥』の右舷付近に弾着！」

後部指揮所が、僚艦の状況を報告する。

敵一、二番艦は、射撃目標を「長門」「陸奥」に戻したのだ。

「まずいな、弾着が接近している」

山本が、顔色を僅かに青ざめさせた。

これまで沈着さを保っていたが、焦りを隠し切れないようだ。

「航空参謀、艦戦隊はまだか⁉」

苛立ったような口調で、福留が叫んだ。

時刻は一〇時二九分。そろそろ艦戦隊の姿が見えてもおかしくない。

日高は、右舷側の空を見た。

味方機の姿はない。

観測機も後方に避退したきり、戻って来ない。

「どうなっている？」

日高は、しばし茫然とした。

一、二航戦が、それほど長時間、敵機との戦闘に拘束されているとは思えない。一〇分か、長くても一五分程度で終わるはずだ。

だが、未だに味方戦闘機の来援はない。

もしや、敵機の数が予想以上に多かったのか。あるいは空母全てが被弾し、発着艦不能に陥れられたのか。

「敵弾、来ます！」

叫び声が上がり、日高は顔を上げた。

轟音が艦橋を包み、「長門」の左右両舷に、巨大な水柱が奔騰した。

これまでにない衝撃が襲い、艦全体が激しく身を震わせた。

3

「発艦始め」を命じる信号旗は、すぐには振られなかった。

「加賀」の長島育三飛行長は、艦橋後部の発着艦指揮所で待機したまま、海面を睨んでいる。

小沢一航戦司令官は、回頭によってソードフィッシュの雷撃をかわし、しかる後に艦戦隊を発艦させると決めたようだ。

二航戦の戸塚司令官も同様の決定を下したのだろう、「蒼龍」「飛龍」の飛行甲板からも、九六艦戦が飛び立つ様子はない。

「何やってやがんだ、司令部は！」

結城学中尉は、九六艦戦のコクピットから、少し離れた海面にいる「赤城」を睨み付けた。

相手はソードフィッシュ。複葉羽布張りの旧式機だ。九六艦戦を飛び立たせてくれれば、たちどころに叩き落とせる相手なのだ。

にも関わらず司令官は、転舵《てんだ》による回避という悪手《あくしゅ》を選んでいる。

小沢司令官は知恵者という評判だが、咄嗟の判断力はあまり働かない人物なのか。

結城機のコクピットからは、「加賀」の右舷側で対空戦闘を行っている巡洋艦、駆逐艦の姿が遠望される。

艦の形状から見て、八戦隊の利根型重巡と第二水雷戦隊に所属する朝潮《あさしお》型駆逐艦のようだ。

複葉羽布張りの旧式機など、たちどころに墜とせるかと思いきや、火を噴いて墜落する敵機はない。

重巡、駆逐艦の間をすり抜け、「加賀」と「赤城」に向かって来る。

「赤城」の右舷側に砲煙が湧き出し、僅かに遅れて「加賀」も砲門を開いた。雷鳴のような砲声が飛行甲板上を駆け抜け、結城は思わず顔をしかめた。

右舷側に四基を装備する一二・七センチ連装高角砲が砲撃を開始したのだ。昨日の戦闘では、「加賀」に向かって来たブレニム一三機のうち、一機を墜としている。

空母のみならず、帝国海軍軍艦の標準的な高角砲となっている八九式一二・七センチ砲が、轟然たる咆哮を上げ、直径一二・七センチ、重量二三キロの砲弾八発を、秒速七二〇メートルの初速で叩き出している。

空中の八箇所で爆発光が閃き、黒い爆煙が漂う。おびただしい火の粉が飛び散り、ソードフィッシュの頭上や真横から摑みかかるように見える。

火を噴き、海面に叩き付けられる機体はない。

一見、古色蒼然《こしょくそうぜん》に思える複葉の雷撃機は、飛び散る火の粉や弾片をかいくぐり、「加賀」に肉薄して来る。

「速度を過大に見積もり過ぎだ！」

結城は、コクピットから半身を乗り出して叫んだ。

一二・七センチ砲弾が、全てソードフィッシュの手前で炸裂していることに気づいたのだ。

ソードフィッシュの最大時速は二二四キロ。複葉の水上機である九四式水上偵察機よりも遅い。

「加賀」の信管手は、そのことに気づかず、敵機の速力を時速三〇〇キロ程度に見積もったのだろう。

それでも、一発がソードフィッシュの至近距離で炸裂する。

強烈な閃光が走り、ソードフィッシュの姿が一瞬で消え去る。

炎に包まれた主翼の破片や分断された胴体が、煙を引きずりながら八方に飛び散り、胴体下に抱いていた魚雷が海面に落下する。

期せずして、飛行甲板に歓声が上がる。

九六艦戦のコクピットで待機している艦戦隊の搭乗員や、整備員、兵器員らが快哉《かいさい》を叫んだのだ。

高角砲による戦果は、その一機に留まった。

残ったソードフィッシュは五機。

僚機の被弾墜落に臆《おく》した様子も見せず、真一文字に突っ込んで来る。機名の由来となったメカジキの動きそのままだ。

右舷側に新たな砲声が轟き、青白い曳痕が飛び出す。ドイツより導入されたラインメタル三七ミリ連装機銃の射撃だ。

昨日の対空戦闘では、装備数が少ないにも関わらず、二機のブレニムを撃墜した。「加賀」の対空火器の中では、一番の好成績を収めた機銃が、今また英国製の機体目がけて火を噴いている。

ソードフィッシュ一機が左の主翼を引き裂かれ、炎に包まれて墜落する。

戦果は、その一機だけだ。三七ミリ弾の多くは、ソードフィッシュの手前で放物線軌道を描き、海面に落下する。

三七ミリ機銃の射手は、高角砲の射手と同じ失敗を犯したようだ。ソードフィッシュの速度を過大に見積もっている。

「高性能の武器も、使い手次第か」

結城が唸り声を上げたとき、右舷側に連射音が響き、多数の火箭が噴き延びた。

艦を守る最後の武器、二五ミリ連装機銃が火を噴いたのだ。昨日のブレニムとの戦闘で一基を破壊されたため、火箭の数は五条となっている。

舵が利き始めたのだろう、「加賀」が回頭を開始した。

戦艦として設計された艦を、途中から空母に転用した大型艦だ。三万八二〇〇トンの基準排水量は、「長門」と比較しても遜色ない。

その巨体が、艦首を右に振ってゆく。

これまで右舷正横に見えていたソードフィッシュが左に流れ、右前方へ、正面へと移動してゆく。

艦が直進に戻るのとほとんど同時に、ソードフィッシュが左右に分かれた。

猛々《たけだけ》しい爆音を響かせながら、「加賀」の左右を後方に抜けてゆく。

その横合いから二五ミリ弾が突き込まれ、ソードフィッシュ一機が機首から火を噴く。

ソードフィッシュは空中をのたうった後、火だるまとなって海面に叩き付けられ、波のうねりの中に姿を消す。

イギリス海軍「ソードフィッシュ」

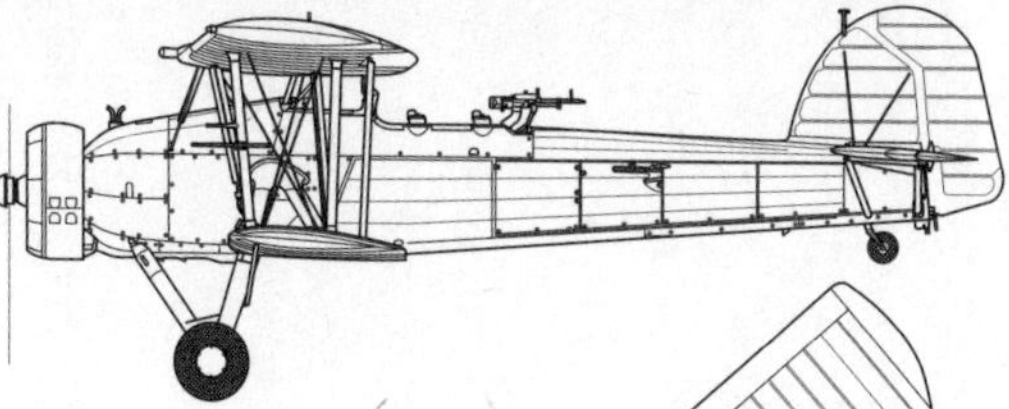

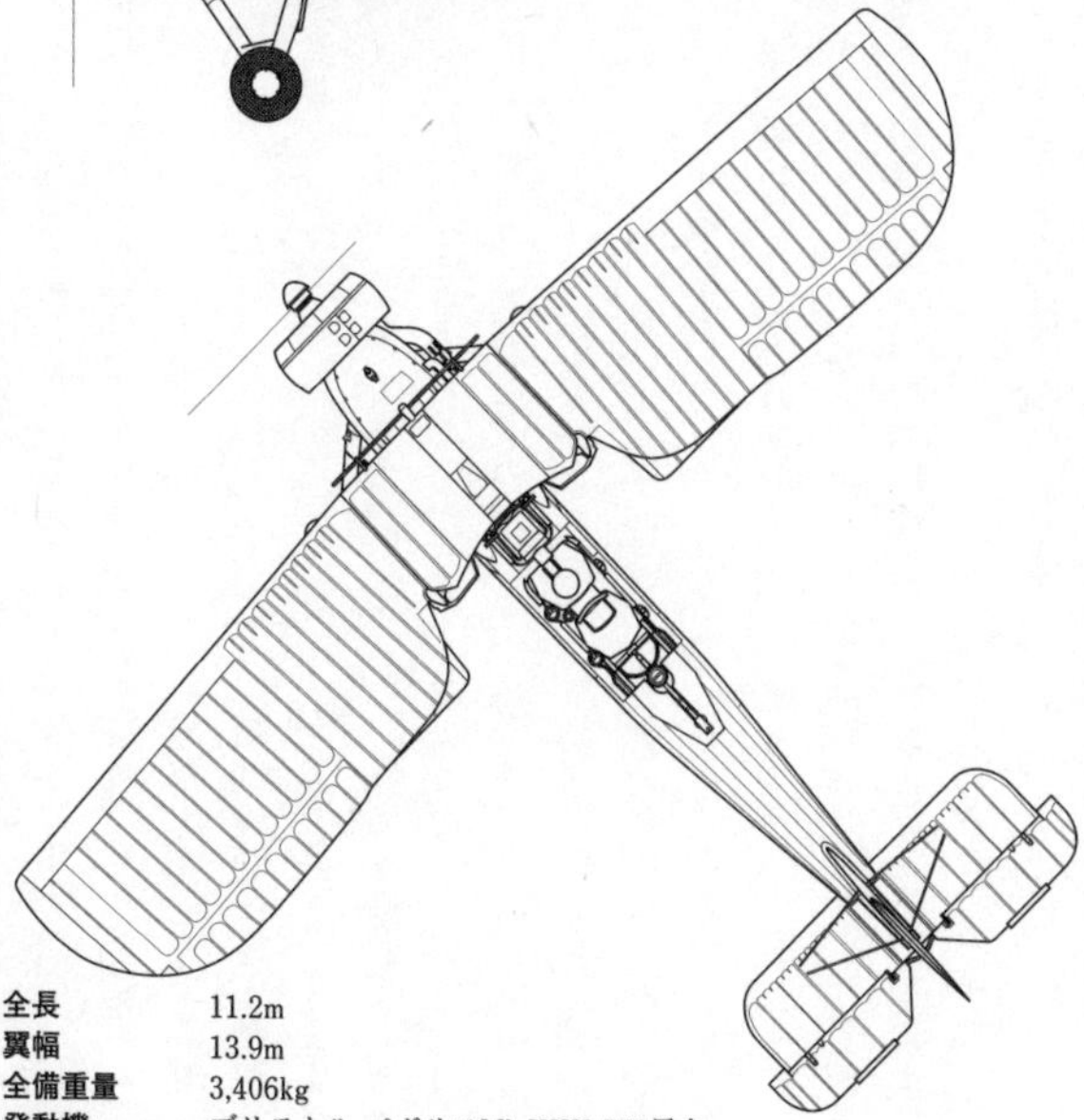

全長	11.2m
翼幅	13.9m
全備重量	3,406kg
発動機	ブリストル ペガサスMk.XXX 750馬力
最大速度	224km/時
兵装	7.7mm機銃×1丁(機首固定)/7.7mm機銃×1丁(後席旋回) 魚雷×1 または 爆弾 1,000ポンド(最大)
乗員数	3名

フェアリー社が開発した雷撃機。本機の原型機が初飛行をした1934年の時点で、すでに航空機の趨勢は全金属製単葉に移りつつあった。そのなかで英海軍は実用性と信頼性を第一とし、複葉で鋼管骨組みに羽布張りの本機を採用した。欧州大戦の勃発により、枢軸国、とくにドイツ海軍の潜水艦を標的とした対潜哨戒活動に活躍している。また、低速ながら急降下爆撃も可能であり、駆逐艦や小艦艇への攻撃などでも戦果を上げている。

「加賀」の巨体は、直進を続けている。

魚雷に艦首を正対させての回避を狙っているのだ。

帝国海軍の空母では最大の巨軀《きょく》の持ち主が、魚雷に突き進んでゆく。

「かわせるのか？」

結城は、艦橋をちらと見上げた。

艦戦隊の搭乗員には、どうすることもできない。飛行甲板の上で、艦長の操艦に運命を委ねるしかない。発艦前の搭乗員とは、これほど無力なものかと思う。

やがて――。

「回避に成功した！　今より発艦する！」

発着艦指揮所から、長島飛行長があらん限りの声で叫んだ。

九六艦戦のコクピットからは、飛行甲板の縁に遮られ、雷跡は視認できない。

長島は、艦長岡田次作大佐から連絡を受け、魚雷の回避に成功したと知ったのだ。


「『赤城』はどうだ？」

「無事です」

「『蒼龍』と『飛龍』は？」

「煙は上がっていません」

結城の問いに、藤原一等整備兵曹が答えた。

回避運動を行ううちに、「赤城」「蒼龍」「飛龍」とは距離が離れてしまったが、三隻とも被雷は免れたようだ。

「今度こそ出られるな」

結城は正面を見据えた。

思いがけない邪魔が入ったが、発艦してしまえばこちらのものだ。たった今の借りを、一〇倍にして返してやる。

「加賀」は、しばし直進を続ける。

航海長は艦首を風上に向けるべく、転舵を命じたであろうが、舵が利き始めるまでには時間を要するのだ。

「発艦後は、編隊を組む必要はない。そのまま一艦隊の上空に向かえ！」

長島が、大声で指示を送って来た。

上空で編隊を組めば、それだけで一五分から二〇分程度を要する。

その時間はないと長島は判断したのだ。

（戦闘は既に始まっているのか）

結城が自問したとき、「加賀」が艦首を左に振った。

発艦の態勢を取ろうとしているのだ。

先頭に位置する「加賀」艦戦隊長鷺坂高道大尉の機体は、既にエンジン・スロットルを開いている。

機体は今にも飛び出しそうだ。

数秒後には発艦が始まると思ったが――。

「右前方より敵機！」

藤原が叫んだ。

結城は目を見張った。

投雷を終えたソードフィッシュが三機、右前方から突っ込んで来る。

「なんて執念だ！」

結城は、唸り声を発した。

ソードフィッシュ搭乗員の意図は明らかだ。

魚雷をかわされたため、機銃掃射によって発艦を妨害するつもりなのだ。

「加賀」の右舷側に発射炎が閃き、おびただしい曳痕が突き上がる。三七ミリ連装機銃、二五ミリ連装機銃が迎撃を開始したのだ。

「発艦さえできれば……！」

結城は、歯ぎしりした。

飛行甲板の上では、どうしようもない。

艦爆か艦攻なら、後席の旋回機銃で反撃できるが、九六艦戦の機首機銃は、上方に向けて撃てるようにはなっていないのだ。

右前方上空で、ソードフィッシュ一機が閃光を発し、一瞬でばらばらに砕ける。無数の破片の中に、空中に放り出された搭乗員の姿が見えたような気がするが、すぐに分からなくなる。

破壊力の大きさから見て、三七ミリ機銃の戦果だ。

射手は、今度はソードフィッシュの速力を正確に見積もったようだ。

残る二機のソードフィッシュが、フル・スロットルの爆音を轟かせながら突っ込んで来た。

機首に発射炎が閃き、細い火箭が「加賀」の飛行甲板前部に突き刺さった。

火花と共に、抉られた板材の破片が飛び散る。

一連射を放ったソードフィッシュは、敷き並べられた九六艦戦の頭上を、後方に抜ける。

敵機の影が頭上をよぎる様は、巨大な猛禽にも似た凄みがある。

「前大戦時の遺物《いぶつ》」などと揶揄《やゆ》されることもある機体だが、決して侮れる相手ではない。

反撃する術《すべ》を持たない身にとっては、どのような機体であっても恐るべき存在だ。

二機目が続けて飛来する。

二五ミリ機銃の射弾をかいくぐり、機首から銃撃を浴びせては、後方に飛び去ってゆく。

敵弾が、結城機の右主翼に命中した。

ハンマーで一撃されるような打撃音が伝わり、衝撃がコクピットにまで伝わった。

右主翼を見ると、中央に二つほど貫通穴が見える。

ソードフィッシュの七・七ミリ弾は、九六艦戦の薄い主翼を貫いたのだ。

「くそったれ！」

結城は後方を振り返り、ソードフィッシュに罵声を浴びせた。

発艦しないうちに、自機を傷物《きずもの》にされたのだ。

「小隊長、発艦です！」

藤原が、注意を喚起した。

結城は、正面に向き直った。

艦首から噴き出す水蒸気が、艦の軸線に沿って流れている。

発着艦指揮所では、長島が旗を大きく振っている。

「発艦始め！」の合図が送られたのだ。

「主翼を損傷しています。発艦を見送られては？」

「いや、出る！」

心配そうな藤原の言葉に、結城は大きくかぶりを振った。

この程度の損傷なら、戦闘に支障はない。最高速度は若干落ちるかもしれないが、腕で補うのだ。

前方で、フル・スロットルの爆音が響く。

鷺坂大尉の九六艦戦が滑走を始めたのだ。

真田五郎空曹長の二番機、米倉哲雄《よねくらてつお》一等航空兵曹の三番機が、次々に輪止めを払われ、飛行甲板上を走り出す。

結城は、エンジン・スロットルを開いた。

両腕を開いて「輪止《チョーク》め払え」の合図を送った。

結城機の輪止めが払われ、九六艦戦は、弾かれたような勢いで滑走を開始した。

右舷側にそびえる艦橋や帽振れで見送る整備員、甲板員らの姿が、瞬《またた》く間に流れ去り、飛行甲板の前縁が近づいて来る。

操縦桿を手前に引こうとした瞬間、結城は両目を大きく見開いた。

ソードフィッシュが正面上方から突っ込んで来る。

敵機の搭乗員は、まだ諦めていなかったのだ。

機首に、発射炎が閃いた。

やられる！　――そう思った直後、九六艦戦の機体が大きく沈み込み、火箭が結城の頭上を通過した。

敵弾が放たれると同時に、着陸脚が飛行甲板から離れ、機体の高度が下がったのだ。

一旦は海面近くまで降りた機体だが、すぐに上昇に転じる。

後ろを振り返ると、高峯一空曹の二番機、町田三空曹の三番機が発艦している。両機は、ソードフィッシュの銃撃を受けなかったようだ。

（どうしてくれようか）

結城は、周囲を見回した。

雷撃をかけたばかりではなく、銃撃までかけて来たソードフィッシュに、お返しをしなければ気が済まない。護衛も付いていないソードフィッシュなど、容易く墜とせる。

「いや、駄目だ」

結城は、すぐにその考えを打ち消した。

受けている命令は、「発艦後は、そのまま一艦隊の上空に向かえ」だ。寄り道は許されない。

ソードフィッシュに対する怒りはあったが、結城は敢えてその感情を振り捨てた。

エンジン・スロットルを開きながら、彼方に向かって叫んだ。

「今行くぞ、一艦隊！」

4

第一、第三戦隊の戦艦四隻は、頭上をラウンデル・マークの機体に抑えられていた。

真上には複葉の水上機が張り付き、その周囲には、樽のように太い胴を持つ戦闘機が展開している。

前者はフェアリー・ソードフィッシュの水上機型、後者は英軍の艦上戦闘機フェアリー・フルマーだ。

彼方では、砲煙が繰り返し湧き出している。

二隻のネルソン級戦艦が、二艦合計一八門の四〇センチ主砲を放っているのだ。

「長門」は既に一発を被弾しており、艦の後部から黒煙を上げている。

「陸奥」も繰り返し至近弾を受けており、いつ敵弾が直撃してもおかしくない状況だ。

日本軍の戦艦部隊は、数の上では優位に立ちながら、二隻のネルソン級に追い詰められている。

戦艦の乗員にとっても、戦艦から飛び立った観測機の搭乗員にとっても、悪夢としか思えない光景だった。

「好き勝手しやがって！」

戦艦「陸奥」より発進した零式観測機二号機の機長と操縦員を兼任する岩瀬《いわせ》健作《けんさく》一等航空兵曹は、歯《は》嚙《が》みをしながら、一、三戦隊の上空に居座る英軍の編隊を睨みつけた。

零式観測機、略称「零観」は、零式水上偵察機と同じく、制式採用されたばかりの艦載用水上機だ。

速度性能よりも、運動性能と上昇性能が重視されたため、一見時代に逆行するような複葉形式が採用された。

近距離索敵、対潜哨戒、泊地の上空警戒等、多様《たよう》な任務に使用できるが、最も重要な任務は、艦隊戦時の弾着観測だ。

敵戦闘機の妨害を自力《じりき》で排除するため、ある程度の空戦性能も持たされている。

本来であれば、「長門」の零観などと共にネルソン級の頭上に張り付き、母艦の「陸奥」に弾着観測のデータを送らねばならない立場だ。

だが、敵戦闘機の存在と味方戦闘機の不在が、それを不可能にしている。

フルマーは、積極的に零観や零式水偵を墜とそうとはしない。

ソードフィッシュの側に張り付いて、味方機を守ると共に、ネルソン級の頭上に目を光らせているだけだ。

零式水偵や零観が接近すると、猛然と突進し、射弾を浴びせて来る。

機銃の口径は、零観や零式水偵の旋回機銃と同じ七・七ミリだが、装備数が多い。主翼の前縁を真っ赤に染めて放たれる多数の小口径弾には、豪雨を思わせる凄みと、非力な水上機を一撃で撃墜する破壊力がある。

既に零式水偵一機が墜とされているのだ。

機名は「フルマカモメ」《フルマー》だが、その動きは獰猛《どうもう》な番犬だ。

岩瀬は、九六艦戦との模擬空戦で互角以上の成績を残しており、その気になれば、ソードフィッシュなど蹴散らせる自信がある。

だが、ラウンデル・マークの番犬を突破するのは容易ではない。

遠巻きにし、歯嚙みをしながら見守る以外になかった。

　また、二隻のネルソン級が新たな射弾を放つ。

「長門」を囲むようにして、多数の水柱が奔騰し、後部に直撃弾炸裂の火焔が躍る。

　続いて「陸奥」の左舷側海面にも、多数の水柱が奔騰する。

　二発が至近距離に落下し、崩れる海水が、南海のスコールのように「陸奥」の艦体を叩く。

「陸奥」には、まだ直撃弾はない。だが、至近弾を何発も受ければ、缶室、機械室の故障や浸水を招く恐れがある。

　岩瀬の脳裏で、何かが切れた。

「行くぞっ、上野《うえの》！」

　偵察員席の上野不二男《ふじお》三等航空兵曹に、伝声管《でんせいかん》を通じて叫び、エンジン・スロットルを開いた。

　三菱「瑞星《ずいせい》」一三型エンジンが咆哮し、零観が加速された。

　自分が墜とされたら、「陸奥」の弾着観測はどうなるのか、という危惧は、この瞬間、岩瀬の脳裏から消え去っている。

　自分たちの戦艦の頭上が、敵機に占領されているという状況に、これ以上我慢できなかったのだ。

　零観の動きに気づいたのだろう、フルマー一機が右旋回をかけ、岩瀬機に機首を向けた。

　こちらを複葉の水上機と見て、舐めているのだろう、他に向かって来る機体はなかった。

　敵の機体がみるみる膨れ上がる。

　液冷エンジン機特有の尖った鼻面は、猛禽の嘴《くちばし》さながらだ。両翼に装備する七・七ミリ機銃の鉤爪《かぎづめ》は、容赦なく零観を引き裂くであろう。

　その両翼に発射炎が閃く寸前、岩瀬は操縦桿を左に、次いで右にと倒した。

　零観の機体が大きく振られ、フルマーの火箭が右方を通過した。

　敵機が後方に抜ける。

　後席から、七・七ミリ機銃の連射音が届く。

上野が、すれ違いざまに一連射を放ったのだ。

「機長、命中です！　一機撃墜！」

伝声管から、弾んだ声で報告が届く。

フルマーは、上野が放った射弾の中に自ら突っ込む形となったのだ。

味方機の被弾、墜落を見たためか、フルマーが二機、岩瀬機に向かって来る。

心なしか、怒りに駆られたように見える。

戦友を殺されたことへの怒りか、あるいは複葉の水上機ごときが戦闘機を墜としたことへの怒りか。

岩瀬は、操縦桿を目一杯《めいっぱい》左に倒した。

フルマーやソードフィッシュが時計回りに九〇度回転し、機体は左の翼端を先にして降下に入った。

一機だけならまだしも、二機を敵に回しては勝ち目はない。海面すれすれの低空に引き込めば、反撃の機会があるかもしれない。

「敵機、追跡して来ます！」

上野が緊張した声で叫んだ。

岩瀬は後方をちらと振り返り、特徴的な太い機体が二機、食らいついて来る様を認めた。

コクピットの中は、フル・スロットルのエンジン音と風切り音に満たされている。

速度は、最大時速である三七〇キロを超え、四五〇キロ前後に達しているはずだ。

追って来るフルマーの機影が拡大する。

相手は戦闘機、こちらは水上の観測機だ。このままでは、確実に捕捉される。

（ならば！）

岩瀬は、操縦桿を目一杯手前に引いた。

下向きの遠心力がかかり、しばし目の前が暗くなった。

機体を水平に戻したときには、二機のフルマーが間近に迫っている。

岩瀬は、エンジン・スロットルを絞り込んだ。

フルマーがたたらを踏むようにして、零観の頭上を通過し、前方に出た。

一機の尾部を狙って、発射把柄を握る。

コクピットの前に発射炎が閃き、二条の細い火箭が噴き延びるが、これは敵機を捉えることはない。

岩瀬が放った七・七ミリ弾は、空しく消えている。

岩瀬は再び操縦桿を左に倒し、垂直降下に転じる。

海面は、もう間近だ。波のうねりや、風に白く砕かれる波頭までもがはっきり見える。

頃合いよし、と見て操縦桿を手前に引いた。

零観が機首を引き起こし、水平飛行に転じる。胴体下のフロートが、波頭に触れんほどの低高度だ。

「敵機来ます！　後ろ上方！」

「しつこい奴らだ！」

上野の報告を受け、岩瀬は舌打ちした。

操縦桿を右に、左にと不規則に倒した。

機体が振り子のように、左右に振られる。フルマーの射弾が、翼端や胴体をかすめ、海面に線上の飛沫を上げる。

フルマーが、なおも距離を詰めて来る。

海面すれすれに降下した敵機に対しては、自機が海面に突入する危険があるため、深追いはしないものだが、この敵機は例外だ。

技量に、相当な自信があるのか。

「やられる！」

上野が悲鳴じみた声で叫んだ。

振り返った岩瀬の目に、上からのしかかるように迫って来るフルマーの姿が見えた。

これはかわせない。駄目だ——そう思ったとき、フルマーの機体が激しく振動した。

みるみる速力が衰え、海面に落下して飛沫を上げた。

もう一機は機首を引き起こし、離脱にかかる。

その後方から、見慣れた機体が食い下がっている。

「助かった……！」

岩瀬は、安堵の息をついた。
一、二航戦の九六艦戦だ。
出撃が遅くなった理由は不明だが、ようやく戦場

「長門」や「陸奥」の頭上からは、敵の観測機と護衛の戦闘機が掃討されつつある。

逆に、ネルソン級二隻の頭上には、味方の観測機が向かっている。

一方的に撃たれるだけという状況から、ようやく抜け出せる。今度は、こっちがネルソン級を打ち据える番だ——山本の上気《じょうき》した表情には、その興奮と喜びが表れていた。

「面舵一杯。針路一八〇度！」

「後続艦に打電。『針路一八〇度。我ニ続ケ』」

「主砲、右砲戦！」

徳永栄「長門」艦長が矢継ぎ早に三つの命令を発する。

「面舵一杯。針路一八〇度！」

江崎啓太郎航海長が操舵室に命じ、後続する三隻に、通信室から命令電が飛ぶ。

舵は、すぐには利かない。「長門」は依然《いぜん》針路を四五度に取り、直進を続けている。


に駆けつけてくれたのだ。

海面すれすれの低空だけではない。

上空でも、九六艦戦がフルマーとソードフィッシュを追い散らしにかかっている。

銃撃を浴びたソードフィッシュが火を噴き、二機の九六艦戦に追い回されたフルマーが多数の七・七ミリ弾を受け、煙を引いて宙をのたうつ。
一、三戦隊の頭上で我が物顔に振る舞っていた英軍機は、急速に駆逐されつつあった。
「行くぞ、上野！」

岩瀬は一声叫んで、操縦桿を手前に引いた。

今度は、こっちが弾着観測機の任務を果たす番だ。

5

「反撃に移る。一、三戦隊、針路一八〇度！」

連合艦隊旗艦「長門」の戦闘艦橋に、山本五十六の宣言するような声が響いた。

その後方から追いすがるようにして、ネルソン級の巨弾九発が飛来する。

直撃弾はないが、艦尾至近に数発が落下する。

弾着の瞬間、爆圧が艦尾艦底部を突き上げ、束《つか》の間《ま》「長門」の巨体が前にのめる。

「機関室、異常はないか？」

「異常なし。全力発揮可能！」

徳永の問いに、宇野照義機関長が返答する。

「舵機室より、舵に異常なしとの報告です」

江崎も、徳永に報告する。

「長門」の心臓と足は強靭《きょうじん》だ。至近弾を繰り返し受けたにも関わらず、一〇基の重油専焼缶は運転を続けており、推進軸も、舵も、正常に機能している。

姉妹艦「陸奥」と共に国民に親しまれ、帝国海軍の象徴として、二〇年も君臨して来た戦艦だ。

至近弾を数発食らった程度で、動けなくなったりはしない、と艦が宣言しているようだった。

左後方から弾着の水音が届き、

「『陸奥』の左舷後方に弾着。直撃弾なし！」

後部見張り員が報告を送って来る。

今のところ、直撃弾を受けたのは「長門」だけだ。

「陸奥」以下の三隻は、至近弾を受けたものの、直撃弾に主砲塔を破壊されたり、舷側《げんそく》や上甲板を貫通されたりする被害は受けていない。

「ネルソンというのは、足癖《あしくせ》の悪い人物だったのだな。本艦の尻を蹴り上げるとは」

山本が苦笑したとき、左舷後方に新たな砲煙が観測された。

ネルソン級が射弾を放ったのだ。

直後、舵が利き始めた。

北東から真南へ、「長門」は大きく艦首を振ってゆく。左後方に見えていたネルソン級が一時死角に消え、右前方から視界に入って来る。

「長門」の前甲板では、第一、第二砲塔が右舷側に旋回し、太く長い砲身が俯仰している。

頭上から、敵弾の飛翔音が迫った。連合艦隊の司

日本海軍 長門型戦艦「長門」

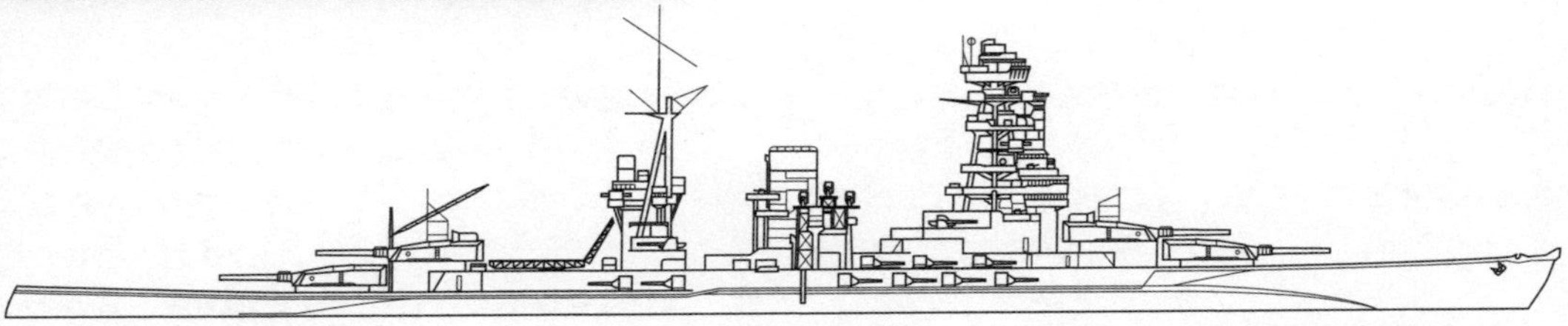

全長	224.9m
最大幅	34.6m
基準排水量	39,130トン
主機	蒸気タービン 4基／4軸
出力	82,000馬力
速力	25.0ノット
兵装	40cm 45口径 連装砲 4基 8門 14cm 50口径 単装砲 18門 12.7cm 40口径 連装高角砲 4基 8門 25mm 連装機銃 10基
航空兵装	水上機 3機
乗員数	1,368名
同型艦	陸奥

「八八艦隊計画」により建造され、大正９年11月に竣工した長門型戦艦の一番艦。本艦と姉妹艦の「陸奥」、イギリスのネルソン級戦艦「ネルソン」「ロドネイ」、アメリカのコロラド級戦艦「コロラド」「メリーランド」「ウェスト・バージニア」と合わせ「世界のビッグ・セブン」と呼ばれる。

昭和９年から11年にかけ、僚艦「陸奥」とともに大改装工事を行い、機関の換装、装甲の追加、水中魚雷発射管の撤去、主砲の仰角増加などを行った。このとき、煙突も太い１本に換えられ、外観は大きく変化している。

「陸奥」と交代で連合艦隊旗艦を務めるなど、名実ともに日本海軍の象徴的存在であり、国民の知名度も高い。

令部幕僚も、「長門」の乗員も、何度も繰り返し聞かされた音だ。

音速の二倍以上の初速で放たれた九発の四〇センチ砲弾がまとまって飛ぶ音は、空を引き裂くような凄みがあった。

「長門」が回頭を終え、直進に戻った直後、敵弾が轟音を上げて落下した。

右舷側海面に奔騰した多数の水柱が巨大な白い壁を作り、しばし右舷側の視界を遮った。爆圧が右舷艦底部を突き上げ、艦が左舷側に傾《かし》いだ。

同時に、艦の後部から衝撃と炸裂音が伝わり、艦橋が激しく震えた。

「いかん、やられた！」

福留参謀長が顔色を変えて叫んだ。

衝撃の大きさから、「長門」が重大な損傷を受けたと直感したのかもしれない。

「砲術より艦橋。第四砲塔に被弾！」

「火薬庫に注水、急げ！」

鶴見玄砲術長の報告を受け、徳永栄艦長が即座に下令した。

「長門」が受けた直撃弾は、これで三発になった。

一発は中央部の主要防御区画に命中したが、分厚い装甲板が撥《は》ね返した。

もう一発は後部の飛行甲板に命中し、火災を引き起こしたが、戦闘、航行に支障は出なかった。

だが、今度は主砲塔一基が破壊されたのだ。「長門」は、主砲火力の四分の一を失ったことになる。

（次の斉射が来るか？）

日高は、両手の拳を握りしめた。

「長門」は直進に戻ったばかりで、速力が上がっていない。しかも敵艦は、「長門」に直撃弾を得たことを確認している。

次に斉射を受けたら、直撃弾は一発では済まないかもしれない。

そう考え、敵一番艦を凝視《ぎょうし》したとき、日高は我が目を疑った。

敵戦艦二隻の周囲で、銀色に照り輝くものが舞っている。

艦橋見張り員の声が、日高の耳に入った。

「味方戦闘機、敵戦艦を攻撃中！」


第一、第二両航空戦隊の九六艦戦が、二隻のネルソン級戦艦に取り付いたのは、搭乗員の自発的な行動によるものだった。

有利なはずの丁字戦法を採っているにも関わらず、苦戦を強いられている一、三戦隊を見て、援護のために動いたのだ。

九六艦戦の七・七ミリ機銃が、戦艦に通用しないことは分かっているが、巨体のどこかには七・七ミリ弾でも損傷を与え得る場所があるはずだ。

傷つけられなくとも、敵の視界を遮り、射撃を妨害できるだけでもよい。

そんな思いが、搭乗員たちを突き動かしていた。


「加賀」艦戦隊の第一小隊が、先頭切って敵一番艦に突進する。

艦の後部――煙突の近くから艦尾にかけて設けられている高角砲が火を噴き、空中に爆煙が湧き出すが、火を噴く機体はない。

三機の九六艦戦は一体となって、ネルソン級戦艦の左前方より突っ込んでゆく。

「こっちも行くぞ！」

結城学中尉は、高峯春夫一空曹の二番機、町田茂三空曹の三番機に合図を送った。

左の水平旋回をかけつつ降下し、エンジン・スロットルを開いた。

中島「寿」四一型が咆哮し、機体が加速される。

上空からは、笹舟《ささぶね》程度の大きさにしか見えなかった英軍の戦艦が、凄まじい勢いで膨れ上がる。

結城の小隊に気づいたのだろう、周囲で敵の高角砲弾が炸裂し始めた。

機体の左右に黒い爆煙が湧き、爆風が押し寄せて来る。

飛び散る弾片が命中しているのだろう、時折、金属的な打撃音がコクピットに伝わり、機体が僅かに振動する。

バッファローやフルマーに比べれば、遥かに華奢《きゃしゃ》な機体だ。高角砲弾の炸裂を近くで受ければ、一撃で分解しそうな気がするが、結城も、二人の部下も、構うことなく突進する。

距離が詰まるにつれ、ネルソン級の特異な艦形が、はっきりと分かるようになる。

主砲塔三基を前部に集中し、艦橋、煙突、後部指揮所等の上部構造物を全て後部に詰め込んだ姿は、他に例を見ない。

帝国海軍の長門型や金剛型、あるいは米国の戦艦を見慣れた目には、異形と呼んでもいい姿だが、それだけに怪物めいた凄みを感じさせた。

高角砲弾炸裂の爆風に揺さぶられながらも、結城は艦橋トップに照準を合わせた。

射撃指揮所は、ここにあるはずだ。うまくすれば、測距儀《そっきょぎ》を傷つけられるかもしれない。

艦橋が、目の前に迫って来る。

日本軍の戦艦とは大きく異なる、ビルのような構造物だ。巨大な鉄の塊そのものだ。

その真上に位置する構造物を狙い、結城は発射把柄を握った。

二条の細い火箭がネルソン級の艦橋トップに殺到し、ところ構わず火花を散らした。

機銃を撃ちっ放しにしながら肉薄し、衝突寸前のところで機体を翻《ひるがえ》す。

ちらと後方を振り返ると、高峯機、町田機が結城機同様、ネルソン級に七・七ミリ弾を撃ち込む様子が見える。

結城は海面すれすれの低空まで、高峯機、町田機を誘導する。

ネルソン級の舷側をかすめるようにして後方へと抜け、機首を引き起こして上昇する。

振り返ると、敵戦艦二隻に、多数の九六艦戦が取り付き、銃火を浴びせている様が見えた。

三機、あるいは二機が一組となり、正面や左右から突っ込んでは、七・七ミリ弾を浴びせる。

ネルソン級の後部では、高角砲や機銃の発射炎が閃くが、撃墜される九六艦戦はほとんどない。

巨大な二頭の熊《くま》に、蜂《はち》の群れが襲いかかっているようだった。

「もう一度行くか！」

結城が今一度の銃撃を浴びせるつもりで身構えたとき、敵一番艦の周囲が激しく沸き返り、巨大な海水の柱がそそり立った。

水柱は、鮮やかな緑に染まっている。

「長門」が、砲撃に踏み切ったのだ。

これより少し前、山本五十六は「長門」の艦橋中央に仁王《におうだ》立ちとなり、大音声で下令していた。

「一、三戦隊目標、敵一番艦。砲火を集中して順《じゅん》繰《ぐ》りに討ち取る。各艦、準備出来次第砲撃始め！」

「艦長より砲術。目標、敵一番艦。準備出来次第砲撃始め！」

「目標、敵一番艦。交互撃ち方にて砲撃開始します！」

徳永栄「長門」艦長が射撃指揮所に指示を送り、鶴見玄砲術長が命令を復唱した。

既に命令を予期し、敵一番艦に照準を合わせていたのだろう、さほど間を置かずに主砲発射を告げるブザーが鳴り響いた。

それが収まると同時に、前甲板から右舷側に向け、巨大な火焔がほとばしった。

日高は、声にならない叫びを上げた。

航空機の操縦桿を握っていたり、空母の艦上で待機したりしているときには、絶対に感じることのない一撃だ。

砲声は間近に落雷したようであり、全身を襲う衝撃は、何かに叩き付けられたようだ。江田島で上級生から食らった鉄拳《てっけん》制裁も、これほど強烈ではなかったような気がする。

これでも、発射された主砲は三門だけなのだ。四〇センチ砲の発射とは、それほど強烈な反動を伴うものだった。

「後部見張りより艦橋。『陸奥』撃ち方始めました。続いて『金剛』『榛名』、撃ち方始めました！」

「よし！」

僚艦の動きが司令部に伝えられ、山本が満足げな声を上げた。

序盤は敵に先手を取られ、一方的に撃たれるだけの展開となったが、ようやく「長門」以下の四戦艦は反撃に転じたのだ。

6

「被弾多数なれど損害軽微！」

「敵戦闘機、本艦より離れます！」

二つの報告が、インド洋艦隊旗艦「ネルソン」の艦橋に上げられた。

周囲で轟いていた爆音が遠ざかりつつある。

「なんと無粋《ぶすい》な連中だ」

ジョン・トーヴィー司令長官は、吐き捨てるように言った。

この海戦は、ビッグ・セブン同士の対決だ。

一九四〇年七月時点において、世界の頂点に君臨する戦艦同士が、覇《は》を競《きそ》う戦いなのだ。

その戦闘に航空機、それも対艦攻撃力を持たない戦闘機が割り込んで来るとは、腹立たしいことこの上ない。

堂々たる勝負に、水を差されたような気がした。

「日本軍も必死なのでしょう。艦数では、四対二と優位に立ちながら、追い詰められていますから」

「戦艦同士が他艦を交えずに戦うこと自体、特殊な状況です。敵戦闘機は、戦闘に介入できない巡洋艦や駆逐艦の代役を務めたのかもしれません」

参謀長ラリー・ジェイクス少将と首席参謀リチャード・ホームズ大佐が言ったとき、

「敵戦艦発砲！」

射撃指揮所から、報告が上げられた。

トーヴィーは顔を上げ、正面を見た。

四隻の日本戦艦が、順次砲撃を開始している。

海上の四箇所に、五秒前後の時間差を置いて発射炎が閃き、褐色の砲煙が立ち上る。

一番艦――「ナガト」か「ムツ」と思われる艦は、既に「ネルソン」が直撃弾を与えており、後部に火災を起こしていたが、打撃を受けた様子はほとんど見せず、主砲を放っていた。

「長官、我が方の観測機、全機撃墜されました！」

ホームズが、顔色を青ざめさせて叫んだ。

戦闘の序盤はイギリス側が制空権を握り、日本軍の観測機を追い散らしたが、日本軍の戦闘機が大挙来襲するや、立場は逆になっている。

「ナガト」「ムツ」の頭上に張り付き、弾着位置を報告していたソードフィッシュは一掃され、逆に「ネルソン」「ロドネイ」の頭上に、日本機が張り付いている。

「最大戦速で距離を詰める！」

トーヴィーは断を下した。

観測機が失われれば、弾着観測が不正確なものとなり、射撃精度が低下するが、敵に接近することで命中率を確保するのだ。

「ネルソン」は突進しながら、四〇センチ主砲九門を発射する。

発射炎が艦橋と高さを競い合うかのように、空中高く噴き上がる。ギリシャ神話に登場するヒドラ――九つの頭を持つ大蛇《だいじゃ》が、火を噴いているようだ。

艦に急制動をかけるような反動が襲い、轟然たる砲声は他の全ての音をかき消す。

若干遅れて、後続する「ロドネイ」も斉射を放つ。

九発の四〇センチ砲弾が、「ネルソン」の射弾を追って飛翔する。

敵戦艦の射弾が飛来した。

敵弾の飛翔音が「ネルソン」の頭上を通過し、後方から弾着の水音が伝わった。

爆圧による振動はない。弾着位置は遠いようだ。

数秒後、新たな射弾が飛来する。

今度は、全弾が「ネルソン」の右舷側海面に落下し、見上げんばかりの水柱が奔騰した。

弾着位置は一番艦の射弾より近いが、爆圧による損傷が生じるほどではない。

驚かされるのは、水柱が真っ青に染まっていることだ。あたかも、インド洋の海面と色合いを競おうとしているかのようだ。

「奴らは総天然色《テクニカラー》で攻めて来やがった！」

「射撃した艦を識別するための染料でしょう。日本軍は、各艦毎《ごと》に異なる色の染料を仕込み、どの艦の弾着か分かるようにしているとの情報があります」

ホームズの驚いたような声を受け、ジュリアス・ボールドウィン情報参謀が言った。

その間に、三、四番艦の射弾が飛来する。

三番艦の射弾は、「ネルソン」の左舷側に、レモンを思わせる鮮やかな黄色に着色された水柱を噴き上げ、四番艦の射弾は、やはり左舷側に、紫《むらさき》色の水柱を奔騰させる。

「長官、敵は本艦に射撃を集中しています！」

ジェイクスが顔色を変えて叫んだが、トーヴィーは動じなかった。

「その程度の腕か、貴様らは？　地下のトーゴーが泣くぞ」

口を嘲笑《ちょうしょう》の形に歪め、日本軍に呼びかけた。

実際、日本軍の射弾は精度が粗い。直撃弾どころか、至近弾すら一発もない。

この程度の腕で、よく偉大なトーゴーの後継者を名乗れたものだ。それとも、ツシマ沖海戦の勝利に驕り、その後の鍛錬《たんれん》を怠《おこた》ったか。

顔を上げたトーヴィーの目に、敵一番艦が水柱に包まれる様が映った。

　水柱が崩れ、敵一番艦が姿を現す。後部から噴出する火災煙の量が、これまでより多い。

「ネルソン」は、新たな直撃弾を得たのだ。

「ロドネイ」の射弾も、敵二番艦を捉える。こちらも「ネルソン」同様、目標の周囲に多数の水柱を奔騰させる。

　水柱が崩れ、敵二番艦が姿を現す。一番艦同様、黒煙を噴き出している様が見て取れる。

「『ロドネイ』に通信。『貴艦の砲撃、見事なり』」

　トーヴィーは、通信参謀マイケル・コーウィン中佐に命じた。

「ロドネイ」は「ネルソン」に比べ、射撃の技量が今ひとつだったが、ここに来て最初の命中弾を得たのだ。

　このときには、敵戦艦の艦上に新たな砲煙が湧き出している。

　ナガト・タイプ二隻の火災煙が、砲撃に伴う爆風に吹き飛ばされ、しばし被弾した後部が露《あら》わになる。

　後続するコンゴウ・タイプ二隻も、一、二番艦よりやや遅れて射弾を放っている。

「ネルソン」の四〇センチ主砲九門が轟然と咆哮し、三万三九五〇トンの巨体が身震《みぶる》いする。

　後方の「ロドネイ」も、遅れてはならじと巨大な砲声を轟かせる。

　敵弾が、先に落下する。

　弾着と同時に、幕僚たちの何人かが、驚愕《きょうがく》したような叫び声を上げた。

「ネルソン」の右舷側海面が大きく盛り上がり、巨大な海水の柱が奔騰したのだ。

　水柱は、インドやセイロン島のジャングルを思わせる、鮮やかな緑に染まっている。「ネルソン」の右舷側に、森が出現したかのようだ。

　真下から、巨大なハンマーで一撃されるような衝撃が伝わり、鋼鉄製の巨体が上下に激しく揺さぶられる。

動揺が収まるより早く、敵戦艦二番艦の射弾が正面に落下する。

奔騰する水柱に艦首が突っ込み、崩れる海水が艦首甲板や揚錨機《ようびょうき》、四〇センチ三連装砲塔を叩く。

同時に、爆圧がアッパーカットのように艦底部を突き上げ、艦を僅かに後方へと仰《の》け反《ぞ》らせる。

更に、敵三番艦、四番艦の射弾が、轟音と共に飛来する。

三番艦の射弾は左舷付近に、四番艦の射弾は右舷付近にそれぞれ落下し、「ネルソン」は左右のフックを交互に食らったボクサーのようによろめく。

直撃弾はないが、四隻の敵戦艦は全て至近弾を得、「ネルソン」の艦底部を痛めつけたのだ。

初弾は大きく外れたが、敵戦艦はすぐに弾着を修正し、第二射で至近弾を得るまでになっている。

「長官！」

「直撃はない」

声を震わせたジェイクスに、トーヴィーは言った。

「ネルソン級にトーゴーの戦法は通じぬぞ、ヤマモト」

日本艦隊、特に二隻のナガト・タイプを見据えながら、敵の指揮官に呼びかけた。

トーゴーがツシマ沖海戦で用いたT字戦法には、自艦が全主砲を目標に指向できるのに対し、敵艦は前部の主砲しか使用できないというメリットがある。

「我の全力を以て敵の分力を討つ」戦術だ。

だがネルソン級は主砲を前部に集中しており、前方の敵艦に主砲全てを発射できる。

しかも対向面積が小さくなるため、敵は照準を定め難い。

T字を描いた日本艦隊に対し、トーヴィーが敢えて正面からの突撃を命じたのは、ネルソン級が持つメリットを活かすためだったのだ。

動揺が収まったときには、「ネルソン」「ロドネイ」の射弾も、敵一、二番艦を捉えている。

二隻のナガト・タイプが水柱に包まれ、しばしそ

イギリス海軍 ネルソン級戦艦「ロドネイ」

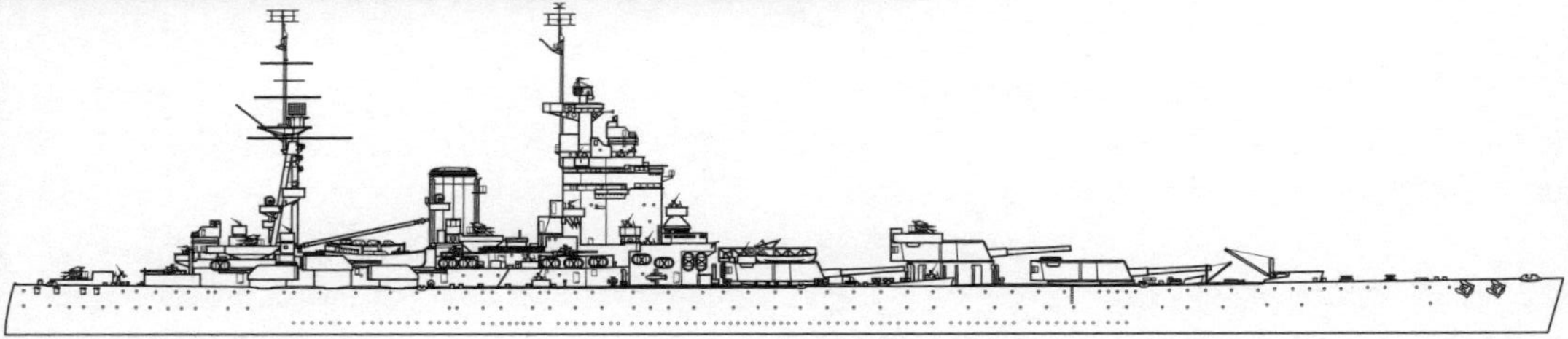

全長	216.4m
最大幅	32.3m
基準排水量	33,950トン
主機	ギヤードタービン　2基／2軸
出力	45,000馬力
速力	23.0ノット
兵装	40cm 45口径 3連装砲 3基 9門 15.2cm 50口径 連装速射砲 6基 12門 12cm 43口径 単装高角砲 6門 4cm 8連装ポンポン砲 8基 62.2cm 単装水中魚雷発射管 2基
航空兵装	射出機／1基 水上機／1機
乗員数	1,640名
同型艦	ネルソン

イギリス海軍の超弩級戦艦、ネルソン級の二番艦。ワシントン軍縮条約は、建造中および未起工の戦艦をすべて廃棄すると定めたが、日本と米国は、未成艦の完工や、同型艦の追加建造を要求。イギリス海軍はそれを認める代わりとして、16インチ砲戦艦２隻の建造枠が与えられた。ワシントン軍縮条約期間中に新造された唯一の戦艦として、最新の知見と戦訓を採り入れて設計された新鋭艦だった。正面火力を重視し、３連装砲を３基、艦首甲板に直列配置した独特の形状は、当時の列強に大きな衝撃を与えた。

しかし、排水量を条約の制約内に収めるため、艦の装甲が不十分になったとの評があるほか、主砲塔を配置した艦首甲板に集中防御を施したことで前後のバランスに難があり、運動性能が悪いとされる。

一般的には水上機の運用には後部甲板が用いられるが、本級の場合、後部甲板に余裕がなく、本艦は三番砲塔に射出機を設けている。

の姿が見えなくなる。

轟沈を期待させる光景だが、水柱が崩れると同時に、二隻の敵艦は、再び姿を現す。

両艦とも、火災煙の拡大はほとんど見られない。

「ネルソン」「ロドネイ」の射弾は、艦中央部の主要防御区画か、主砲塔の正面防楯《ぼうじゅん》に命中し、撥ね返されたのかもしれない。

「さすがはビッグ・セブンの一員だ」

忌々しさと賛嘆という相反《あいはん》する思いを込めて、トーヴィーは呟いた。

インド洋艦隊の司令長官としては、一分でも一秒でも早く「ナガト」「ムツ」を沈めたい。

その一方、「ネルソン」「ロドネイ」のライヴァルが簡単に沈むような艦であって欲しくない、という気持ちもある。

数度の斉射を受けただけで、あっさり轟沈してしまうような艦は、「世界のビッグ・セブン」には相応しくない。

強敵と戦い、これを破ってこそ、ネルソン提督の名を冠した戦艦に相応しいというものだ。

「砲術より艦橋、敵との距離二万四〇〇〇ヤード（約二万二〇〇〇メートル）！」

艦橋トップの射撃指揮所より報告が上げられたとき、敵戦艦四隻が第三射を放った。

一番艦から順繰りに発射炎を閃かせ、艦の頭上に褐色の砲煙が立ち上る。

「ネルソン」「ロドネイ」も撃つ。

前部に集中した三連装砲塔三基九門の四〇センチ主砲が火を噴き、九発の巨弾を音速の二倍以上の初速で叩き出す。

発射の瞬間、急制動をかけるような衝撃が艦を刺し貫くが、「ネルソン」「ロドネイ」は二三ノットの最大戦速で突撃を続けている。

敵の射弾が、先に飛来した。

（今度は食らうかもしれん）

敵弾の飛翔音が聞こえ始めたとき、トーヴィーはそう直感した。

敵の砲術科員の技量は高い。第二射で的確な弾着修正を行い、至近弾を出している。

また、彼我の距離が詰まることで命中率が上がっている。

これらを勘案すれば、直撃弾が出る可能性が高い。

「当たるか？　どうだ？」

口中でトーヴィーが呟いたとき、轟音と共に敵弾が落下した。

水柱は「ネルソン」の右舷付近に二本、左舷付近に一本、それぞれそそり立ち、爆圧が艦底部を突き上げたが、直撃弾炸裂の衝撃はなかった。

敵弾は「ネルソン」を挟叉《きようさ》したが、直撃はしなかったのだ。

助かった――と思う間もなく、敵二番艦の射弾が殺到した。

再び「ネルソン」の左右両舷に弾着の水柱が奔騰し、第二砲塔の正面防楯から火花が散った。鉄塊《てつかい》同士を打ち合わせる強烈な打撃音が艦橋に届き、トーヴィーは耳の奥に異物をねじ込まれるような痛みを感じた。

敵二番艦の射弾は第二砲塔を直撃したが、正面防楯の分厚い装甲板が貫通を許さなかったのだ。

四〇センチ砲戦艦同士の撃ち合いならではの光景と言えた。

「艦長より砲術、第二砲塔は無事か？」

「ネルソン」艦長ゲオフリー・J・A・マイルズ大佐が、射撃指揮所に聞いた。

砲塔そのものは無事でも、砲員が被弾時の衝撃で倒れた可能性を懸念したのだ。

報告が届く前に、敵三、四番艦の射弾が落下する。

三番艦の射弾のうち、一発が第三砲塔の正面防楯に命中するが、金属的な打撃音が聞こえただけだ。

四番艦の射弾は、一発が艦首甲板に命中する。

艦首に閃光が走り、おびただしい破片が炎に乗って舞い上がる。被弾の衝撃は、艦橋にまで伝わって来る。

四〇センチ砲弾は撥ね返した「ネルソン」だが、三五・六センチ砲弾に、艦首の非装甲部を破壊されたのだ。皮肉《ひにく》な成り行きというべきだった。

「砲術より艦長。第二、第三砲塔は健在です」

被弾の衝撃が収まったところで、砲術長ビル・デニスン中佐が報告した。

「まだまだだ、ヤマモト」

トーヴィーは、日本艦隊の指揮官に呼びかけた。

「ネルソン」は被弾したが、戦闘、航行に支障のない部位だ。二番艦「ロドネイ」は無傷を保っている。

一方イギリス側は、敵一番艦の主砲塔一基を破壊し、二番艦の後部にも火災を起こさせている。
三、四番艦のコンゴウ・タイプは、ネルソン級の戦闘力から見て、全く問題にならない。
イギリス側が有利という状況は、これまでと変わっていないのだ。

トーヴィーの呼びかけに応えるかのように、敵戦艦四隻の艦上に新たな発射炎が閃いた。

炎がこれまでより大きく、砲煙の量も多い。敵は、交互撃ち方から斉射に切り替えたのだ。

「ネルソン」も、新たな射弾を放つ。

主砲九門の砲口から巨大な火焔がほとばしり、轟然たる砲声が周囲の大気と海面を震わせる。

発射の反動がかかり、艦全体がわななく。艦体は直撃弾一発を受け、傷ついているが、そのようなことは微塵も感じさせない。

「ロイヤル・ネイヴィー最強の戦艦にとり、先の被弾など、損傷の内に入らない」

艦が、そう宣言しているようだった。

敵の斉射弾が、轟音と共に飛来した。

「ネルソン」の前方に緑の水柱が多数奔騰し、至近弾の爆圧が艦首を突き上げる。

打撃音が艦橋に届くが、炸裂音はない。主要防御区画の分厚い装甲板が敵弾を受け止め、弾き返したのかもしれない。

艦の動揺が収まるより早く、敵二番艦の斉射弾が落下する。

今度は、直撃弾はない。全弾が「ネルソン」の前方に落下している。

「敵弾、左舷中央に命中。跳弾《ちょうだん》となった模様。本艦に被害なし！」

「オーケイ！」

艦橋に上げられた報告を受け、トーヴィーは満足感を覚えた。

これまでのところ、「ネルソン」が受けた被害は、艦首甲板への直撃弾だけだ。

他の命中弾は、主砲塔の正面防楯や主要防御区画の装甲板が撥ね返している。

「ネルソン」の防御装甲は、

「自艦の主砲で決戦距離から撃たれても、耐えられること」

という戦艦の防御力要件を充分満たしていることを、実戦の場で証明したのだ。

敵三、四番艦の射弾が、続けて落下する。

レモン・イエロー、パープルと、カラフルな水柱が林立する様は、何かのショーでも見ているようだ。

一発が右舷中央に命中し、異音を立てるが、貫通はない。

ナガト・タイプの四〇センチ砲弾に耐えた装甲板だ。コンゴウ・タイプの三六センチ砲弾などは問題にならない。

弾着の狂騒が収まったときには、「ネルソン」「ロドネイ」の射弾も、敵一、二番艦を捉えている。

二隻のナガト・タイプは、しばし奔騰する水柱の向こうに姿を消すが、数秒後には健在な姿を現す。

その艦上に、新たな発射炎が閃く。

戦闘力が低下したようには見えない。「ネルソン」に劣らず、打たれ強い艦だ。

「ネルソン」「ロドネイ」も撃つ。

二艦合計一八門の四〇センチ主砲を振り立て、重量一トンの巨弾一八発を叩き出す。

雷鳴さながらの砲声が轟き、発射の反動が艦尾までを刺し貫き、鋼鉄製の艦体を震わせる。

「おかしい」

あることに思い至り、トーヴィーははっきり口に出した。

「本艦と『ロドネイ』の砲弾は、本当にナガト・タイプに命中しているのか？」

「間違いなく、命中しています」

マイルズ「ネルソン」艦長が心外《しんがい》そうに言った。

長官は何を言い出すのか、と言いたげだった。

「ナガト・タイプをよく見ろ。被害が拡大しているようには見えぬぞ」

トーヴィーは、二隻の敵戦艦を指した。

敵一、二番艦は、後部から火災煙を噴き出し続けているが、煙の量が増えたようには見えない。

主砲火力にしても、一斉射毎に一番艦が六発を、二番艦が八発を、それぞれ放っている。「ネルソン」「ロドネイ」の四〇センチ砲弾が命中しているのであれば、主砲火力が衰えてもおかしくないが、その様子が全く見られない。

速度にしても、低下した様子はない。艦の心臓部である機関は、全力発揮を続けているのだ。

「ネルソン」「ロドネイ」は、敵がT字を描く直前に観測機を失っている。

弾着観測は自艦の測距儀だけが頼りだが、艦上からの測的《そくてき》だけでは、二万ヤード以上遠方の弾着を正確に計測するのは難しい。

「ネルソン」「ロドネイ」の砲術長は、敵に直撃弾を与えたと錯覚しているだけではないか。

「まさか、そのような……」

マイルズは、顔色を青ざめさせている。

トーヴィーの指摘を受け、自分が重大な過ちを犯したのではないかとの疑問に駆られたのだ。

「艦長より砲術。本艦の弾着を――」

マイルズが射撃指揮所を呼び出したとき、「ネルソン」の頭上に新たな敵弾の飛翔音が迫った。

弾着と同時に、緑に着色された多数の水柱が、艦の正面に奔騰した。複数の巨木が、突然目の前に出現したようだった。

「ネルソン」は速力を緩《ゆる》めることのないまま、林立する水柱の中に突っ込んだ。大量の海水が熱帯圏のスコールのような音を立てて降り注ぎ、艦首甲板や主砲塔の砲身、天蓋《てんがい》が、緑色に染まった。

直後、敵二番艦の射弾が落下した。

今度も、全弾が「ネルソン」の前方に落下し、真っ青な水柱が視界を遮った。

水柱が崩れた直後、誰も予想していなかったことが起きた。

艦首付近に大量の飛沫が上がると同時に、衝撃が突き上がったのだ。

「ネルソン」は束の間、後方に仰け反った。艦首が僅かに浮き上がると共に、艦橋が後方に傾斜したように感じられた。海面下に潜《ひそ》む何者かが、艦首に真下からの一撃を食らわせたかのようだった。

反動で、艦が前にのめる。今度は艦首が僅かに沈み込み、艦橋も前方に傾斜する。

「艦首に被雷！　浸水発生！」

「艦長より機関長。両舷半速！」

ダメージ・コントロール・チームのチーフを務めるアラン・モリソン少佐が報告し、マイルズが機関長スコット・ウィリアムスン中佐に血相《けっそう》を変えて命じた。

艦が減速したところに、敵三、四番艦の射弾が飛来する。

「ネルソン」の急激な減速は計算に入れていなかったのだろう、敵弾落下の水柱は、全て右前方と左前方に噴き上がる。

「被雷と言ったな。どういうことだ？」

トーヴィーの問いに、マイルズはやや落ち着いた声で答えた。

「報告された通りの意味です。本艦は艦首水線下を損傷し、浸水が発生しました。魚雷攻撃を受けた可能性大です」

「しかし……」

トーヴィーはしばし混乱し、周囲を見渡した。

敵の巡洋艦、駆逐艦には、「ネルソン」を雷撃する余裕はない。

考えられる可能性は潜水艦だが、速力の遅い潜水艦が、艦隊決戦の戦場に侵入して来るとは考え難い。

「敵戦艦は、雷装を持つのか？」

トーヴィーは、誰にともなしに聞いた。

ナガト・タイプ以前の日本戦艦は魚雷発射管を装備していたが、近代化改装の際に撤去されたと聞いている。

それは虚偽だったのではないか。実際には、発射管を残していたが、日本海軍はその情報を隠蔽《いんぺい》していたのではないか。

トーヴィーの疑問に幕僚が答えるより早く、新たな報告が飛び込んだ。

「『ロドネイ』、本艦の前方に出ます！」

トーヴィーは、左舷側に顔を向けた。

二番艦「ロドネイ」は、これまで「ネルソン」の左後方に付き従い、敵二番艦を砲撃していた。

その「ロドネイ」が、速力が急減した「ネルソン」を追い抜き、前方に出ようとしている。

「ネルソン」をかばおうとしているようにも、敵戦艦四隻に単艦で挑もうとしているようにも見えた。

「いかん、呼び戻せ！」

トーヴィーは叫んだ。

日本艦隊は、依然四隻が健在だ。

二対四なら、乗員の技量や戦術次第で勝利を得られる可能性はあるが、一対四では勝算はない。

「本艦の通信機は使用不能です。先の戦闘機の攻撃で、通信アンテナを破壊されたようです！」

マイケル・コーウィン通信参謀が報告した。

「なんたることだ……！」

トーヴィーは天を振り仰いだ。

戦闘機の銃撃など取るに足りないと考えていたが、

過小評価だった。

敵機は、「ネルソン」から耳と口を奪ったのだ。

「ならば信号だ。『ロドネイ』に引き返すよう命じろ！」

トーヴィーが重ねて命じたとき、「ロドネイ」の艦橋の向こう側に、砲煙が湧き出す様が見えた。

「ロドネイ」は、単艦での戦闘を開始したのだ。

7

英艦隊の動きは、旗艦「長門」艦上の連合艦隊司令部でも把握していた。

敵一番艦は、速力が著しく低下している。まだ前進を続けてはいるが、今にも行《い》き足《あし》が止まりそうだ。

代わって二番艦が前に出、一、三戦隊に向かって来る。

「長官、目標を二番艦に変更しましょう」

「よかろう。一、三戦隊目標、敵二番艦！」

福留繁参謀長の具申を、山本は即座に容れた。

「水中弾が効果を発揮しましたな」

「うむ」

喜色《きしょく》を浮かべて言った黒島亀人首席参謀に、福留が、同感とばかりに頷いた。

「ネルソン」の艦首水線下に命中したのは、「陸奥」が放った九一式徹甲弾《てっこうだん》だ。

目標の手前に落下すると、弾頭部の被帽《ひぼう》が外れて水面下を魚雷のように突き進み、水線下に命中する。

ワシントン軍縮条約の締結後、廃艦が決まった戦艦「土佐《とさ》」を砲撃によって沈めた際、目標の手前に落下した砲弾が水面下を走って命中するという水中弾効果が確認されたところから開発された砲弾だ。
一、三戦隊は、斉射に移行しても、なかなか敵一番艦に致命傷を与えられなかったが、「陸奥」の射弾が目標の艦首を見事に食いちぎったのだ。
艦首水線下を破壊されれば、全速発揮はできない。速力を上げれば、水圧の増大によって艦内隔壁《かくへき》が破られ、浸水が拡大することになる。

加えて、浸水による縦傾斜《トリム》の狂いにより、射撃精度も低下を来《きた》す。

一番艦は、もはや脅威にならないと見てよい。

無傷の二番艦を全力で叩き、しかる後に、一番艦に止めを刺せばよい、と福留は考えたのだ。

「目標、敵二番艦。準備完了次第、砲撃開始」

「目標、敵二番艦。宜候《ようそろ》！」

徳永栄「長門」艦長の命令を受け、鶴見玄砲術長が復唱を返す。

前甲板では、第一、第二砲塔が旋回し、砲身が俯仰して、新目標に狙いを定めている。

（航空屋は出番なしか）

日高俊雄航空参謀は、上空をちらと見やった。

弾着観測機の安全を確保するためには、制空権の奪取が重要だが、現在、戦場上空を支配しているのは九六艦戦だ。

戦艦四隻の観測機は、九六艦戦に守られながら、敵戦艦の頭上に張り付き、弾着観測に当たっている。

改めて、航空参謀が具申する意見はない。

ただし、高みの見物というわけにはいかない。

敵戦艦の主砲弾が艦橋を直撃し、司令部全滅という事態も起こり得る。

自分の運命を、他者に委ねる立場だ。

（出番を待つのも、仕事のうちだ）

腹の底で呟き、日高は戦闘の様子を見守った。

敵二番艦が、先に発砲している。

九門の四〇センチ主砲に大仰角をかけ、砲口から巨大な火焔をほとばしらせる。

轟音を上げて飛来した敵弾は、「陸奥」の周囲に落下し、大量の海水を噴き上げる。

九六艦戦が敵の観測機を撃墜してからは、敵の砲撃は精度を欠き、ほとんど命中しなくなっている。

後部指揮所からの報告が来ないところから、全弾が外れたと見ていいようだ。

「目標、敵二番艦。測的完了。一斉撃ち方にて、砲撃始めます」

鶴見が報告し、砲撃開始を告げるブザーが鳴り響いた。

ブザーが鳴り終わると同時に、右舷側に向けて発射炎がほとばしる。

第一、第二砲塔四門、第三砲塔二門、合計六門の四〇センチ主砲が火を噴いたのだ。

四分の一が失われているとはいえ、主砲発射の反動は凄まじい。

発射の瞬間、尻から内臓を突き上げられるような衝撃が襲い、雷鳴のような砲声が艦橋を満たす。四万トン近い基準排水量を持つ艦体が、左に仰け反ったように感じられる。

「後部見張りより艦橋。『陸奥』『金剛』『榛名』、撃ち方始めました。一斉撃ち方です」

報告に、後方から伝わって来る砲声が重なる。

敵二番艦の射弾が先に落下し、「長門」の後方から弾着の水音と共に、炸裂音が伝わった。


「いかん、当たった！」

福留が顔色を変えた。

敵二番艦は、一貫して「陸奥」を狙っている。

艦中央部の主要防御区画や主砲塔の正面防楯への命中弾は、貫通を許さなかったが、後部指揮所と射出機が破壊され、火災を起こしている。

炸裂音から判断して、新たな直撃弾が生じ、「陸奥」が損害を受けたことは間違いないようだ。

「陸奥」の被害状況報告が届くより早く、新目標に対する第一斉射弾が落下している。

若葉《わかば》色に着色された六本の水柱が、目標の手前に奔騰し、しばし敵二番艦の姿を隠す。

測的手が、目標の速力を過大に見積もったのかもしれない。

緑色の水柱が崩れるや、「陸奥」の射弾が落下し、目が覚めるような青に染まった水柱を奔騰させる。

更に、「金剛」「榛名」の射弾が落下する。

敵二番艦は止まらず、火を噴くこともない。

四隻による集中砲火は、上部にも、水線下にも命中しなかったようだ。

敵二番艦が、新たな斉射を放つ。

距離が詰まったためか、発射炎がこれまでよりも大きく感じられる。一瞬、爆発と火災が起きたと錯覚するほどだ。

「長門」が第二斉射を放ち、後方から「陸奥」「金剛」「榛名」の砲声も伝わる。

斉射の余韻《よいん》が収まったとき、

「『陸奥』より入電。『第三砲塔損傷。主砲塔三基ハ使用可能。砲撃ヲ続行ス』」

田村三郎通信参謀が、通信室から上げられた報告を伝えた。

「長官！」

「動じるな。我が方の優位は動かぬ」

顔色を変えた福留の呼びかけに、山本は落ち着いた声で返答した。

敵二番艦の射弾が落下し、「長門」の後方から弾着の水音、直撃弾の炸裂音が届く。

「陸奥」に新たな被害が生じたようだが、「長門」の艦橋からは目視できない。同艦からの報告を待つだけだ。

数秒後、一、三戦隊の射弾が続けざまに落下した。

再び敵二番艦の面前に巨大な海水の柱が奔騰し、その姿を隠した。

「長門」の水柱が崩れるや、「陸奥」の射弾が落下する。

主砲塔一基が破壊された影響か、弾着位置のばらつきが大きい。敵二番艦の左右に大きく分かれて、青い水柱を噴き上げている。

「陸奥」の水柱が崩れた直後、「金剛」「榛名」の射弾が落下する。今度は「長門」の射弾同様、全弾が敵二番艦の面前に、黄色と紫の水柱を噴き上げた。

全ての水柱が崩れ、視界が開けたとき、敵二番艦の艦首から黒煙が上がっている様子が確認された。

「金剛」「榛名」のどちらか、あるいは両方が、敵艦の艦首に三五・六センチ砲弾を命中させたのだ。

「砲術、しっかりせんか！　旗艦が、他艦に先を越されてどうする！」

徳永が、射撃指揮所に叱声《しっせい》を浴びせる。

「長門」「陸奥」は昭和一五年七月現在、帝国海軍最強の戦艦であり、砲術科員は精鋭が集まっている。

姉妹艦の「陸奥」はまだしも、「金剛」「榛名」に先に直撃弾を得られたことが悔しかったのかもしれない。

敵二番艦の艦上に、新たな発射炎が閃いた。炎の大きさは、これまでと変わらない。艦首に直撃弾を与え、火災を起こさせたものの、四〇センチ主砲九門は未だに全てが健在なのだ。

「『陸奥』より入電。『第四砲塔使用不能。第一、第二砲塔ニテ砲撃ヲ続行ス』」

田村通信参謀が報告する。沈着さを保っているようだが、声は微《かす》かに震えている。

長門型に勝るとも劣らぬネルソン級戦艦の戦闘力に畏怖《いふ》しているのかもしれない。

（恐るべきは、英海軍軍人の闘志だ）

腹の底で、日高は呟いた。

本来なら、一番艦が航行困難に陥ったところで退却を考えるはずだ。

ところが敵二番艦の艦長は、単艦で一、三戦隊の四隻に挑んで来た。のみならず、「陸奥」の主砲塔二基を破壊し、火力を半減させた。

ネルソン級戦艦の性能以上に、敢闘《かんとう》精神が旺盛《おうせい》だ。

この精神力があるからこそ、英国は欧州でただ一国となっても、ドイツの猛攻に耐えているのかもしれない。

山本長官が次官時代、独伊との同盟に反対し、「米英と戦ってはならぬ」と主張し続けていた理由は、両国の国力に加えて、国民の精神力をも評価していたためではないか。

「長門」以下の四隻も、三度目の斉射を放つ。

「長門」の主砲六門、「陸奥」の主砲四門が轟然と咆哮し、「金剛」「榛名」が八門ずつの三五・六センチ主砲を発射する。

時間差を置いて放たれた四〇センチ砲弾一〇発、三五・六センチ砲弾一六発が飛翔し、空中でネルソン級の四〇センチ砲弾と交錯《こうさく》する。

「長門」の後方から、弾着の水音が届く。

今度は、炸裂音はない。敵の斉射弾は、全弾が空振りに終わるか、「陸奥」の主要防御区画に命中して撥ね返されたのかもしれない。

お返しだ、と言わんばかりに、一、三戦隊の斉射弾が落下した。

「長門」の射弾は、敵二番艦の面前に落下する。

若葉色の水柱が崩れるのとほとんど同時に、「陸奥」の射弾が青い水柱を奔騰させ、「金剛」「榛名」の弾着が続く。

敵二番艦の姿は、ほとんど見えない。各艦の水柱が崩れるや、新たな艦の水柱が噴き上がり、目標の姿を隠すのだ。

轟沈を期待させる光景だが、戦艦、特に英国最強のネルソン級戦艦が容易く沈む艦ではないことは、これまでの戦いから分かっていた。

「榛名」の水柱が崩れ、敵二番艦が姿を現したとき、田村通信参謀が報告した。

「観測機より受信。『敵二番艦、速力低下』」

「やったか？」

福留が身を乗り出し、黒島も敵艦を凝視した。

戦艦四隻の集中砲火が、機関部を損傷させ、致命傷を与えたかと思ったようだ。

日高も、敵二番艦を見つめた。

心なしか、艦首が沈み込んでいるように見える。

「参謀長、二発目の水中弾です！」

「よし！」

佐薙毅作戦参謀が顔を上気させて報告し、福留は満足の声を上げた。

どの艦の戦果かは不明だが、四〇センチ砲弾か三六センチ砲弾のいずれかが敵二番艦の艦首水線下を抉り、大量の浸水を発生させたのだ。

二隻のネルソン級は、最大戦速を発揮できなくなった。それどころか、現海面からの脱出すら困難になったのだ。

「砲撃続行。止めを刺せ」

山本が厳しい声で命じた。喜ぶのはまだ早い、と言いたげだった。

敵二番艦が、新たな斉射を放った。

炎の大きさは、これまでと変わらない。手負いとなり、激しい怒りに駆られているかに見えた。

「艦橋より砲術。目標の速度低下を考慮して砲撃せよ」

徳永が、鶴見砲術長に指示を送る。
一、三戦隊の各艦が第四斉射を放つよりも早く、敵二番艦の射弾が落下した。
弾着の水柱は、「長門」の艦橋からも見える。全弾が「陸奥」の右舷側海面に落下している。

弾着位置は、「陸奥」から遠い。艦首からの浸水がトリムを狂わせ、射撃精度を低下させたのだ。

「長門」が第四斉射を放ち、「陸奥」以下の各艦が続いた。

敵二番艦の艦上——中央部に、直撃弾炸裂の爆炎が湧いた直後、周囲を囲む形で緑色の水柱が奔騰し、艦の姿が隠れた。

水柱が崩れ、敵艦の艦上で炎が躍る様が見えるが、すぐに「陸奥」の射弾が落下する。

今度は前部——第一砲塔あたりに爆発光が走るが、再び奔騰する水柱が艦の姿を隠す。

直撃弾の炸裂と至近弾落下が、更に二度繰り返された。

命中の度、艦上の炎が大きく揺らめき、ネルソン級戦艦の巨体が揺らいだ。

艦橋や後部への直撃弾はないようだ。

欧州の古城を思わせる、がっしりした形状の艦橋は、原形を保っている。

多数の射弾に叩きのめされながらも、威厳だけは失うまいとしているように見えた。

最後の水柱が崩れたとき、敵二番艦は、艦首の喫水を更に下げていた。

艦首周辺の海面は激しく泡立ち、浸水が止まらないことを示している。

艦首から中央にかけては、炎と黒煙が跳梁《ちょうりょう》している。主砲塔三基には、目立った損傷箇所はないようだが、周囲は炎に囲まれている。

主砲塔はまだしも、砲員は耐えられないだろうと思われた。

この状態で、敵二番艦はなお射弾を放った。

四〇センチ主砲九門の砲口から、巨大な発射炎がほとばしり、束の間甲板上の黒煙が吹き払われた。
一、三戦隊の四隻も、第五斉射を放った。
敵二番艦の九発が、再び「陸奥」の右舷側海面に落下する。一発だけは至近距離に落下したが、直撃はない。

最後まで「陸奥」を仕留めようとしながら、果たせぬまま力尽きたように見えた。

「長門」以下四隻の射弾が、敵二番艦を捉える。

直撃弾炸裂の爆発光が閃き、火焰が躍り、そそり立つ水柱が艦の姿を隠す。

水柱が崩れるや、新たな直撃弾、至近弾が艦を破壊し、周囲の海面を沸き返らせる。

第五斉射の狂騒が終わったとき、敵二番艦は沈みかかっていた。

艦首は水面下に没し、海面は上甲板に迫っている。
一、三戦隊に最後まで手を焼かせた三基の主砲塔は沈黙し、二度と火を噴くことはない。
艦橋だけは、原形を保っている。

破れはしたが、英国最強の戦艦としての誇りは失っていない。

残された艦橋の姿が、そう訴えているようだった。

「一、三戦隊、敵二番艦への砲撃止め」

山本が命じた。声には、敵艦への敬意を感じさせる響きがあった。

一旦言葉を切り、新たな命令を発した。

「目標を敵一番艦に変更し、砲撃を再開せよ」


『ロドネイ』沈黙！」

見張り員の報告を、大英帝国インド洋艦隊司令長官ジョン・トーヴィー中将は絶望の面持《おもも》ちで聞いた。

報告を受けるまでもなく、「ロドネイ」が日本軍の戦艦四隻の集中砲火を浴び、破壊されてゆく光景は、旗艦「ネルソン」の戦闘艦橋から、はっきり見えている。

艦橋や煙突は奇跡的に無傷を保っているが、三基の主砲塔は炎に包まれ、艦は前部から海面下に引き込まれつつあるのだ。

「ロドネイ」が沈むのは、時間の問題でしかない。

それは、間もなく「ネルソン」を襲う運命でもあった。

「敵艦発砲！　目標は本艦と思われます！」

「こちらも撃て。応戦しろ！」

射撃指揮所からの報告を受け、トーヴィーはマイルズ「ネルソン」艦長に命じた。

「無茶です、長官！」

ラリー・ジェイクス参謀長が、血の気の引いた顔で翻意《ほんい》を求めたが、トーヴィーはかぶりを振った。

「今の状態では逃げ切れぬ。最後まで戦う以外に道はない」

先の「被雷」により、「ネルソン」の速力は大幅に落ちている。隔壁の補強は完了せず、出し得る速力は最大一二ノットと報告されている。

四隻の敵戦艦から、逃げ延びる術はない。

せめてもの救いは、九門の四〇センチ主砲が健在であることだ。

一門でも使用可能な砲がある限り、応戦を続ける。

勝てないまでも、せめて一矢《いっし》を報いる。

それが、偉大なネルソン提督の名を冠した戦艦が取るべき道だ。

「目標、敵一番艦。撃《ファイア》て！」

マイルズ艦長も覚悟を決めたように、射撃指揮所に下令した。

前甲板に巨大な火焔が湧き出し、「ネルソン」の艦体が激しく震えた。傷ついた艦が、斉射の衝撃に耐えかね、苦悶《くもん》しているように感じられた。

日本艦隊の射弾が、先に落下する。

ナガト・タイプの四〇センチ砲弾、コンゴウ・タイプの三五・六センチ砲弾が時間差を置いて落下し、「ネルソン」の周囲に多数の水柱を奔騰させる。

直撃弾炸裂の衝撃が、三万三九五〇トンの艦体を震わせ、至近弾の爆圧は、ボディブロウのように艦底部を突き上げる。

インド洋艦隊司令部の幕僚やマイルズ艦長ら艦橋内の乗員は、振り回され、内壁に叩き付けられ、あるいは床に叩き伏せられる。

トーヴィーは海図台に摑まって身体を支え、辛《かろ》うじて転倒を免れた。


弾着の狂騒が収まったとき、トーヴィーは傾斜が増していることに気づいた。至近弾による爆圧が、艦首からの浸水を拡大させたのだ。

上甲板にも損傷が目立つ。

第一砲塔の左側と第二砲塔の右側が直撃弾を受けたのだろう、ごっそりと削《けず》り取られ、構造材が露わになっている。

三基の主砲塔だけは直撃を免れたらしく、奇跡的に被害がなかった。

「砲術より艦橋。弾着、全弾遠。目標の後方に落下した模様」

射撃指揮所から報告が届く。

砲術長以下の砲術科員は、艦がどのようになろうと、最後まで任務を果たすつもりなのだ。

「砲撃を続行せよ！」

マイルズが命じた。

艦の前方に、新たな発射炎が閃き、砲煙が湧き出す。四隻の敵戦艦が、射弾を放ったのだ。

（止めになるな）

トーヴィーがそう直感したとき、「ネルソン」の艦上に発射炎が閃いた。

四〇センチ主砲九門全てが、火を噴いている。艦が、最後の意地を見せようとしているようだった。

発射の衝撃が浸水を拡大させたのか、真下から突き上げるような衝撃が襲い、艦首の喫水が更に下がった。

傾斜が拡大し、トーヴィーはよろめいた。

その頭上を、敵弾の飛翔音が圧した。

多数の水柱が視界を塞ぎ、直撃弾の衝撃と至近弾の爆圧が艦を打ちのめす。「ネルソン」の艦体は激しく震え、金属的な叫喚を発する。

苦悶の声というより、怒りや無念の感情が巨大な咆哮と化しているようだった。

最後の敵弾が落下し、水柱や爆圧が収まったとき、「ネルソン」の行き足は完全に止まっていた。

「機関室、どうした⁉　応答しろ！」

マイルズが声をからして呼びかけているが、機関長スコット・ウィリアムスン中佐からの応答はない。

敵弾の一部は、「ネルソン」の艦橋を飛び越して後部に命中し、缶室や主機室を破壊したのかもしれない。

「もうよい」

トーヴィーはマイルズに声をかけた。

たった今の被弾が致命傷となった。

機関室からの連絡が途絶えた以上、艦は航行不能になったと判断する以外にない。

前部を見ても、「ネルソン」が沈みかかっていることがわかる。

艦首甲板は水面下に没し、海水は第一砲塔の基部を洗っているのだ。

「ネルソン」を救う術は、もはやない。

「ネルソン」「ロドネイ」は、ビッグ・セブン同士の対決に敗北したのだ。

「総員を退艦させろ。クルーの生還を優先する」

トーヴィーは、はっきりした口調でマイルズに命じた。

「ネルソン」の乗員が退艦しても、本国に帰還できる見込みはない。

日本軍の戦艦四隻が健在である以上、麾下《きか》の巡洋艦、駆逐艦に、「ネルソン」「ロドネイ」の乗員を救助する余裕はない。大部分は、日本軍の捕虜《ほりょ》となる運命が待っている。

それでも、艦と運命を共にするよりはましだ。生きてさえいれば、帰国し、家族と再会できる可能性はある。

「君たちも行きたまえ。本艦はもう長くない」

「長官はどうされるのです？」

幕僚たちに退艦を命じたトーヴィーに、ジェイクスが聞いた。

トーヴィーは微笑し、ジェイクスに覚悟を伝えた。

「大英帝国で最も偉大な提督の名を冠した戦艦を棺《ひつぎ》にできるとは、この上ない贅沢《ぜいたく》であり、栄誉だ。その機会を、私から奪わんでくれ」


「逐次《チク》集《ジ》マレ」

の命令電が、連合艦隊旗艦「長門」の通信室から飛んだ。

砲声は、既に途絶えている。

セイロン島南方の戦場海面に残っているのは、旭日旗《きょくじつき》を掲げた軍艦ばかりだ。

二隻のネルソン級戦艦が、戦闘力を完全に喪失したところで、英国艦隊の残存部隊は勝算なしと認め、撤退していったのだった。

戦艦四隻の周囲に、巡洋艦、駆逐艦が集まって来た。
一、三戦隊がネルソン級二隻を相手取っている間、敵の巡洋艦、駆逐艦と戦っていた部隊だ。
巡洋艦以上の艦艇には、喪失艦はない。

被弾の跡が目立つ艦が何隻かあるものの、速力の低下を来したものはないようだ。

　駆逐艦は、作戦に参加した一九隻のうち、三隻が未帰還となっていた。

「五、六戦隊の戦果は、敵巡洋艦二隻撃沈、二隻撃破。一、三水戦の戦果は、敵駆逐艦四隻撃沈、五隻撃破であります。これに、一、三戦隊によるネルソン級戦艦二隻の撃沈が加わります」

　福留繁参謀長が、田村通信参謀から報告電を受け取り、戦果を報告した。

「喪失は、『涼風《すずかぜ》』『有明《ありあけ》』『夕暮《ゆうぐれ》』です。現在、二四駆が現場に残り、溺者《できしゃ》救助に当たっています。他に、『長門』が主砲塔一基喪失と飛行甲板損傷、『陸奥』が主砲塔二基と後部指揮所、射出機損傷。巡洋艦は『那智《なち》』『妙高』『古鷹』『川内《せんだい》』が損傷しましたが、戦闘航行に支障なし。駆逐艦は『江風《かわかぜ》』『薄雲《うすぐも》』『夕霧《ゆうぎり》』に損傷ありとのことです」

「ネルソン級二隻にも一個駆逐隊を割り当て、敵兵を救助せよ。好敵手《こうてきしゅ》には、敬意を払いたい」

　山本は命じた。

　第二駆逐隊に「英艦隊ノ溺者ヲ救助セヨ」との命令電が送られ、四隻の駆逐艦が隊列から離れた。

　二隻ずつに分かれ、沈みかかっている二隻の英戦艦に接近する。

「喪失が三隻だけに留まったのは幸いだが、損傷艦が多いな。特に、『長門』『陸奥』の主砲を失ったのは大きな痛手《いたで》だ」

　山本は、幕僚たちを見渡して言った。

「長門」は主砲塔一基を、「陸奥」は主砲塔二基を、それぞれ失った。

　四〇センチ連装砲塔を修復するには、かなりの時間と予算を必要とする。

　対英戦争を遂行中の現在、その余裕があるだろうか、と考えている様子だ。

「損害はともかく、我が軍は作戦目的を達成しました。英国艦隊を撃滅し、セイロン島周辺の制空権、制海権を奪取したのです。第二艦隊と上陸部隊を呼び寄せ、セイロン島への上陸を開始すべきです」

　黒島亀人首席参謀が、意気込んだ様子で具申した。損害はどうであれ、勝ったのは我が軍だ、と言いたげだった。

「制海権はまだしも、制空権は完全とは言えません。一航戦司令部が、意見を具申しております」

　日高俊雄航空参謀が、前に進み出て言った。

　砲戦のさなか、「赤城」の第一航空戦隊司令部より、一通の電文が届いていたのだ。

「敵艦隊見ユ。位置、『コロンボ』ヨリノ方位三三〇度、二五浬ニ有リ。敵ハ空母二ヲ伴フ。直チニ攻撃ノ要有リト認ム。一〇三四《ヒトマルサンヨン》」

「空母だと？」

　日高が報告電を読み上げると、山本が顔色を変えた。

「直衛機の発進前に一、二航戦を攻撃した敵機は、コロンボ沖の敵空母から発進したものではないかと推測されます」

「それは、シンガポールにいた『イーグル』ではないのか？　搭載機数二〇機程度の小型空母など、たいした脅威にはならないと考えるが」

　佐薙毅作戦参謀の意見に、日高は答えた。

「報告電は、空母の数を二隻と報告しています。一隻は『イーグル』だとしても、残る一隻は、英本国からセイロン島に増援された空母に間違いありません」

　山本が、割って入るようにして言った。

「一航戦司令部の判断を尊重しよう」

「では？」

「一、二航戦司令部に打電せよ。コロンボ沖の敵空母を――」

　山本が命令を発しかけたとき、田村三郎通信参謀が血相を変えて艦橋に駆け込んで来た。

「第三艦隊司令部より緊急信です！」

「三艦隊だと？」

　山本は、表情をこわばらせた。

台湾の高雄に常駐し、南シナ海、東シナ海の警備に当たると共に、フィリピンにおける米軍の動きを監視する部隊だ。

その三艦隊から緊急信が送られたという事実に、不吉なものを感じたのだ。

田村が、電文を読み上げた。

「第五駆逐隊、米艦隊ト交戦セリ。位置、『高雄』ヨリノ方位二五五度、三七〇浬。一〇二七《ヒトマルフタナナ》」

第五章　南シナ海の火の手

射撃指揮所から伝えられた砲術長の声は、頭上を通過する轟音にかき消された。

飛翔音が消えると同時に、駆逐艦「旗風《はたかぜ》」の左舷側海面に弾着の飛沫が上がり、しばし輸送船の姿をかき消した。

「『春風《はるかぜ》』の左舷に弾着！」

後部見張り員の報告が、「旗風」の艦橋に上げられた。

「旗風」「春風」を狙った砲弾が外れたのか、あるいは威嚇《いかく》が目的だったのか。

後者であれば、第五駆逐隊とその左舷側海面を航行している輸送船一〇隻を切り離そうとしているように感じられた。

右方の海面三箇所に、褐色の砲煙が湧き出す。

米艦隊が、新たな射弾を放ったのだ。

「砲術、どうした⁉」

「撃ってよろしいのですか？　本当に、よろしいのですね？」

「旗風」駆逐艦長山下鎮雄《やましたしずお》少佐の催促に、砲術長瀬《せ》田浩樹《たひろき》大尉が聞いた。

本艦が米国参戦の引《ひ》き金《がね》を引くかもしれない。その責任を取れるのか。覚悟はあるのか——そう問いたげな口調だった。

「何をしている。早く撃て！」

第五駆逐隊司令杉浦嘉十《すぎうらかじゅう》中佐が叫んだ。

やり取りをしている間にも、敵の新たな射弾が飛来する。

今度は「旗風」の前方に落下し、大量の飛沫が艦首や一番主砲にかかる。

「『春風』発砲！」

後部見張り員の新たな報告に、砲声が重なった。

「やったか……！」

山下は唸り声を発した。

瀬田砲術長とやり取りをしている間に、後続する

「春風」が、一足先《ひとあしさき》に砲撃に踏み切ったのだ。

「春風」駆逐艦長十川潔《そがわきよし》少佐は、至近弾の落下を見て、堪えきれなくなったのかもしれない。

「本艦も撃ちます。目標、敵一番艦！」

瀬田が、覚悟を決めたように報告した。

「春風」が砲撃に踏み切った以上、「旗風」が沈黙していても無意味だと判断したのかもしれない。

艦の右舷側に向け、発射炎がほとばしる。

「旗風」の主砲である四五口径一二センチ単装砲四基四門が、砲撃を開始したのだ。

「敵の発砲は一〇二七《ヒトマルフタナナ》（現地時間九時二七分）。『春風』の発砲は一〇二九《ヒトマルフタキュウ》。本艦の発砲は一〇三〇《ヒトマルサンマル》。正確に記録しておけ」

戦闘の記録を担当する羽鳥倫太郎《はとりりんたろう》主計中尉に、杉浦が命じた。

「米艦隊が先に発砲し、我が方はやむなく応戦した。このことを、はっきり記録に残しておくんだ」

「米艦隊が先に発砲し、我が方はやむなく応戦した旨を、はっきり記録しておきます」

羽鳥が命令を復唱し、記録に書き込んだ。

この間に、「旗風」「春風」の射弾は、米艦隊の手前に落下し、飛沫を上げている。

着発《ちゃくはつ》信管が付いているため、弾着と同時に爆発しているのだ。

「敵一番艦は巡洋艦。二、三番艦は駆逐艦。一番艦はオマハ級と認む」

射撃指揮所の大双眼鏡で確認したのだろう、瀬田が新たな報告を送って来た。

「難物《なんぶつ》ですな」

山下は、杉浦と顔を見合わせた。

「旗風」「春風」は、神風《かみかぜ》型駆逐艦に属する。

帝国海軍の駆逐艦では、峯風《みねかぜ》型に次いで古い。兵装は一二センチ単装砲四基、六・五ミリ単装機銃二基、五三・三センチ連装魚雷発射管三基。

同数の駆逐艦が相手なら何とか戦える、といった程度だ。

一方、オマハ級軽巡は、米国の巡洋艦の中では旧式艦に属するものの、兵装は一五・二センチ砲だけでも連装二基、単装八基を装備し、片舷に八門を指向できる。

一艦だけで、「旗風」「春風」二艦の主砲火力を上回るのだ。

のみならず、後方に駆逐艦二隻を従えている。

しかも五駆は、低速の輸送船一〇隻を守りながら戦わねばならない立場だ。

勝算は極めて乏しいが――。

「右魚雷戦！」

「よろしいのですか？」

意を決したように命じた杉浦に、山下は聞き返した。

魚雷を使えば、もはや後戻りはできなくなる。そんな言葉が、喉元《のどもと》までこみ上げた。

「輸送船を守るためだ。やむを得ぬ」

杉浦は一瞬苦渋《くじゅう》の表情を浮かべたが、押し切るように命じた。

毒食《どくく》らわば皿《さら》まで――その意が感じられた。

「分かりました。水雷、右魚雷戦！」

「『春風』に信号。右魚雷戦！」

山下は、二つの命令を発した。

五駆は、二艦合計で一二本の魚雷を発射できる。

大正年間に制式化された旧式の六年式魚雷だが、軽巡、駆逐艦が相手なら、充分な威力を発揮するはずだ。

この間にも、砲火の応酬《おうしゅう》は続いている。

オマハ級軽巡と二隻の駆逐艦は、一五・二センチ砲弾、一二・七センチ砲弾を繰り返し撃ち込み、「旗風」「春風」も二艦合計八門の一二センチ砲を振り立てて応戦する。

敵弾が落下する度、「旗風」「春風」の周囲に弾着の飛沫が上がり、一二センチ砲弾も、海面に落下すると同時に炸裂する。

「消極的な動きだな」

「確かに」
杉浦の言葉を聞いて、山下は頷いた。
米艦隊は、火力では圧倒的に優勢だ。
距離を詰めて、「旗風」「春風」の殲滅を図ること
も可能だし、オマハ級一艦で五駆を牽制し、二隻の
駆逐艦で輸送船を叩く手もあるはずだ。
にも関わらず、米艦に積極的な動きは見られない。
距離を九〇〇〇メートル前後に取り、及《およ》び腰《ごし》の砲
戦に終始するだけだ。
必要以上に、五駆を警戒しているのか。あるいは、
本気でこちらを殲滅するつもりはないのか。
「水雷より艦長。魚雷発射準備完了。雷速三一ノッ
ト、駛走《しそう》深度二で発射します」
「『春風』より信号。『我、魚雷発射準備完了』」
水雷長新井幸雄《あらいさちお》中尉と信号長寺本武《てらもとたけし》一等兵曹が
報告した。
「よし、魚雷発射始め！」
山下は、力のこもった声で下令した。
もはや、ためらいはない。ただ、「旗風」「春風」
の乗員三〇七名と、一〇隻の輸送船を守らねば、と
の意識だけがあった。
右舷側海面から水音が届く。
「旗風」が、三基の五三・三センチ連装発射管から、
合計六本の六年式魚雷を発射した瞬間だ。
「魚雷発射完了。目標到達まで約一〇分」
「『春風』より信号。『我、魚雷発射完了』」
新井水雷長と寺本信号長が報告する。
米艦三隻の動きに変化はない。こちらが魚雷を放
ったことには気づいていない様子だ。
（魚雷が外れたら……）
そう考えると、背筋に冷たいものを感じないでは
いられない。
雷撃距離は九〇〇〇メートルと遠く、発射雷数は
二艦を合わせて一二本しかない。
こちらが魚雷を使い果たしたと分かれば、三隻の
米艦は、かさにかかって猛射を浴びせて来るかもし

れない。

そうなれば、「旗風」「春風」は失われ、一〇隻の輸送船は撃沈か拿捕《だほ》の運命を辿ることになろう。

しばし、九〇〇〇の距離を隔てての砲戦が続く。

彼我共に、射弾は海面で炸裂するばかりだ。

米艦の一五・二センチ砲弾が「旗風」を粉砕したり、一二・七センチ砲弾が「春風」を直撃したりすることはないが、「旗風」「春風」の一二センチ砲弾が、敵の艦上で爆発し、火災を引き起こすこともない。

及び腰の砲撃戦が、三分、五分と続く。

一〇分近くが経過したとき、米艦の動きに変化が生じた。

「敵艦、取舵！」

「気づいたな」

瀬田の報告を受け、山下は杉浦と頷き合った。

敵は左舷側から迫って来る雷跡を見て、回避運動に移ったのだ。

「旗風」「春風」だけなら、最大戦速を発揮して遁走するところだが、一〇隻の輸送船を守らねばならない立場だ。

艦長としては、魚雷の命中を期待しつつ、状況を見守る以外にない。

やがて——。

「やったか！」

杉浦が快哉を叫んだ。

オマハ級軽巡の左舷中央付近に、水柱がそそり立っている。

九〇〇〇からの遠距離雷撃であり、無効ではないか、と懸念したが、賭けは図に当たった。

六年式魚雷一二本のうち、一本が見事に目標を捉えたのだ。

二本目、三本目の命中はあるか、と期待するが、新たな水柱が観測されることはない。

命中魚雷は、一本だけに留まっている。

命中率は低いが、雷撃距離が九〇〇〇だったことを考えれば、好成績と言っていいだろう。

「敵の接近を警戒しろ！」

杉浦が山下に注意を与えた。

オマハ級を雷撃され、怒りに駆られた米駆逐艦が、突撃に移るのではないかと考えたのだ。

だが、そのような動きは見られなかった。

「敵軽巡、行き足止まりました。敵駆逐艦が軽巡に接近します」

瀬田が、新たな報告を送る。

米軍の駆逐艦二隻は、戦闘の継続よりもオマハ級の消火協力を優先したようだ。

「五駆、撃ち方止め」

「砲術、撃ち方止め」

「『春風』に信号。『撃チ方止メ』」

杉浦の指示を受け、山下は瀬田と寺本に命じた。

砲声はほどなく止んだ。

米艦隊との交戦が、これで終わった。

「旗風」「春風」と一〇隻の輸送船は、米艦隊を残し、北上を続ける。

黒煙を上げるオマハ級や二隻の駆逐艦が遠ざかってゆく。

山下は、安堵の息をついた。

駆逐艦にも、輸送船にも、被害らしい被害はない。

第五駆逐隊が米艦隊の攻撃を退け、一〇隻の輸送船を守ったことに、大きな満足感を覚えていた。

それ以上のことは、考えられなかった。


【第二巻に続く】

ご感想・ご意見は
下記中央公論新社住所、または
e-mail：cnovels@chuko.co.jpまで
お送りください。

C★NOVELS

烈火《れっか》の太洋《たいよう》1
——セイロン島沖海戦《とうおきかいせん》

2021年8月25日　初版発行

著　者　横山《よこやま》信義《のぶよし》

発行者　松田陽三

発行所　中央公論新社
〒100-8152　東京都千代田区大手町1-7-1
電話　販売 03-5299-1730　編集 03-5299-1930
URL http://www.chuko.co.jp/

DTP　平面惑星

印　刷　三晃印刷（本文）
大熊整美堂（カバー・表紙）

製　本　小泉製本

Published by CHUOKORON-SHINSHA, INC.
Printed in Japan　ISBN978-4-12-501437-1 C0293

定価はカバーに表示してあります。落丁本・乱丁本はお手数ですが小社販売部宛お送り下さい。送料小社負担にてお取り替えいたします。

荒海の槍騎兵 5
奮迅の鹵獲戦艦

横山信義

中部太平洋最大の根拠地であるトラックを失った連合艦隊。おそらく、次の戦場で日本の命運は決する。だが、連合艦隊には米艦隊と正面から戦う力は失われていた——。

ISBN978-4-12-501431-9 C0293　1000円

カバーイラスト　高荷義之

荒海の槍騎兵 6
運命の一撃

横山信義

機動部隊は開戦以来の連戦により、戦力の大半を失ってしまう。新司令長官小沢は、機動部隊を囮とし、米海軍空母部隊を戦場から引き離す作戦で賭に出る！　シリーズ完結。

ISBN978-4-12-501435-7 C0293　1000円

カバーイラスト　高荷義之

蒼洋の城塞 1
ドゥリットル邀撃

横山信義

演習中の潜水艦がドゥリットル空襲を阻止。これを受け大本営は大きく戦略方針を転換し、ＭＯ作戦の完遂を急ぐのだが……。鉄壁の護りで敵国を迎え撃つ新シリーズ！

ISBN978-4-12-501402-9 C0293　980円

カバーイラスト　高荷義之

蒼洋の城塞 2
豪州本土強襲

横山信義

ＭＯ作戦完遂の大戦果を上げた日本軍。これを受け山本五十六はＭＩ作戦中止を決定。標的をガダルカナルとソロモン諸島に変更するが……。鉄壁の護りを誇る皇国を描くシリーズ第二弾。

ISBN978-4-12-501404-3 C0293　980円

カバーイラスト　高荷義之

蒼洋の城塞 3
英国艦隊参陣

横山信義

ポート・モレスビーを攻略した日本に対し、ついに英国が参戦を決定。「キング・ジョージ五世」と「大和」。巨大戦艦同士の決戦が幕を開ける！

ISBN978-4-12-501408-1 C0293　980円　　カバーイラスト　高荷義之

蒼洋の城塞 4
ソロモンの堅陣

横山信義

珊瑚海に現れた米国の四隻の新型空母。空では、敵機の背後を取るはずが逆に距離を詰められていく零戦機。珊瑚海にて四たび激突する日米艦隊。戦いは新たな局面へ——

ISBN978-4-12-501410-4 C0293　980円　　カバーイラスト　高荷義之

蒼洋の城塞 5
マーシャル機動戦

横山信義

新型戦闘機の登場によって零戦は苦戦を強いられ、米軍はその国力に物を言わせて艦隊を増強。日本はこのまま米国の巨大な物量に押し切られてしまうのか⁉

ISBN978-4-12-501415-9 C0293　980円　　カバーイラスト　高荷義之

蒼洋の城塞 6
城塞燃ゆ

横山信義

敵機は「大和」「武蔵」だけを狙ってきた。この二戦艦さえ仕留めれば艦隊戦に勝利する。米軍はそれを熟知するがゆえに、大攻勢をかけてくる。大和型×アイオワ級の最終決戦の行方は？

ISBN978-4-12-501418-0 C0293　980円　　カバーイラスト　高荷義之

表示価格には税を含みません

不屈の海 1
「大和」撃沈指令

横山信義

公試中の「大和」に米攻撃部隊が奇襲！　さらに真珠湾に向かう一航艦も敵に捕捉されていた——。絶体絶命の中、日本軍が取った作戦は？

ISBN978-4-12-501388-6 C0293　900円

カバーイラスト　高荷義之

不屈の海 2
グアム沖空母決戦

横山信義

南方作戦を完了した日本軍は、米機動部隊の撃滅を目標に定める。グアム沖にて、史上初の空母決戦が幕を開ける！　シリーズ第二弾。

ISBN978-4-12-501390-9 C0293　900円

カバーイラスト　高荷義之

不屈の海 3
ビスマルク海夜襲

横山信義

米軍は豪州領ビスマルク諸島に布陣。B17によりトラック諸島を爆撃する。連合艦隊は水上砲戦部隊による基地攻撃を敢行するが……。

ISBN978-4-12-501391-6 C0293　900円

カバーイラスト　高荷義之

不屈の海 4
ソロモン沖の激突

横山信義

補給線寸断を狙う日本軍と防衛にあたる米軍。ソロモン島沖にて、巨大空母四隻、さらに新型戦闘機をも投入した一大決戦が幕を開ける！　横山信義C★NOVELS100冊刊行記念作品。

ISBN978-4-12-501395-4 C0293　900円

カバーイラスト　高荷義之

不屈の海 5

ニューギニア沖海戦

横山信義

新鋭戦闘機「剣風」を量産し、反撃の機会を狙う日本軍。しかし米国は戦略方針を転換。フィリピンの占領を狙い、ニューギニア島を猛攻し……。戦局はいよいよ佳境へ。

ISBN978-4-12-501397-8 C0293 900円

カバーイラスト　高荷義之

不屈の海 6

復活の「大和」

横山信義

日米決戦を前に、ついに戦艦「大和」が復活を遂げる。皇国の存亡を懸けた最終決戦の時、日本軍の仕掛ける乾坤一擲の秘策とは？　シリーズ堂々完結。

ISBN978-4-12-501400-5 C0293 900円

カバーイラスト　高荷義之

東シナ海開戦 1

香港陥落

大石英司

香港陥落後、中国の目は台湾に向けられた。そして事態は、台湾領・東沙島に五星紅旗を掲げたボートが侵入したことで動きはじめる！　大石英司の新シリーズ、不穏にスタート⁉

ISBN978-4-12-501420-3 C0293 1000円

カバーイラスト　安田忠幸

東シナ海開戦 2

戦狼外交

大石英司

東沙島への奇襲上陸を行った中国軍はこの島を占領するも、残る台湾軍に手を焼いていた。またこの時、上海へ向かい航海中の豪華客船内に凶悪なウイルスが持ち込まれ……⁉

ISBN978-4-12-501424-1 C0293 1000円

カバーイラスト　安田忠幸

表示価格には税を含みません

東シナ海開戦 3
パンデミック

大石英司

《サイレント・コア》水野一曹は、東沙島からの脱出作戦の途中、海上に取り残される。一方、その場を離れたそうりゅう型潜水艦“おうりゅう”は台湾の潜水艦を見守るが、前方には中国のフリゲイトが……。

ISBN978-4-12-501425-8 C0293　1000円

カバーイラスト　安田忠幸

東シナ海開戦 4
尖閣の鳴動

大石英司

《サイレント・コア》土門陸将補のもとに、ある不穏な一報が入った。尖閣に味方部隊が上陸したというのだ。探りをいれると、島に上陸したのは意外な部隊だとわかり？

ISBN978-4-12-501429-6 C0293　1000円

カバーイラスト　安田忠幸

東シナ海開戦 5
戦略的忍耐

大石英司

土門陸将補率いる〈サイレント・コア〉二個小隊と、雷炎大佐ら中国解放軍がついに魚釣島上陸を果たす。折しも中国は、ミサイルによる飽和攻撃を東シナ海上空で展開しようとしていた……。

ISBN978-4-12-501434-0 C0293　1000円

カバーイラスト　安田忠幸

オルタナ日本　上
地球滅亡の危機

大石英司

中曽根内閣が憲法制定を成し遂げ、自衛隊は国軍へ昇格し、また日銀がバブル経済を軟着陸させ好景気のまま日本は発展する。だが、謎の感染症と「シンク」と呼ばれる現象で滅亡の危機が迫り？

ISBN978-4-12-501416-6 C0293　1000円

カバーイラスト　安田忠幸

オルタナ日本　下
日本存亡を賭けて

大石英司

シンクという物理現象と未知の感染症が地球を蝕む。だがその中、中国軍が、日本の誇る国際リニアコライダー「響」の占領を目論んで攻めてきた。土門康平陸軍中将らはそれを排除できるのか？

ISBN978-4-12-501417-3 C0293　1000円　カバーイラスト　安田忠幸

覇権交代 1
韓国参戦

大石英司

ホノルルの平和を回復し、香港での独立運動を画策したアメリカに、中国はまた違うカードを切った。それは、韓国の参戦だ。泥沼化する米中の対立に、日本はどう舵を切るのか？

ISBN978-4-12-501393-0 C0293　900円　カバーイラスト　安田忠幸

覇権交代 2
孤立する日米

大石英司

韓国の離反がアメリカの威信を傷つけ激怒させた。また韓国から襲来した玄武ミサイルで大きな犠牲が出た日本も、内外の対応を迫られる。両者は因縁の地・海南島で再度ぶつかることになり？

ISBN978-4-12-501394-7 C0293　900円　カバーイラスト　安田忠幸

覇権交代 3
ハイブリッド戦争

大石英司

米中の戦いは海南島に移動しながら続けられ、自衛隊は最悪の事態に追い込まれた。〈サイレント・コア〉姜三佐はシェル・ショックに陥り、この場の運命は若い指揮官・原田に委ねられる――。

ISBN978-4-12-501398-5 C0293　900円　カバーイラスト　安田忠幸

表示価格には税を含みません